수상한 소년들

난민과
통하다

수상한 소년들 난민과 통하다

청소년 성장소설 십대들의 힐링캠프, 인권(공존)

[십대들의 힐링캠프®] 시리즈 NO.32

지은이 ㅣ 박기복
발행인 ㅣ 김경아

2021년 6월 20일 1판 1쇄 인쇄
2021년 6월 27일 1판 1쇄 발행

이 책을 만든 사람들
책임 기획 ㅣ 김경아
기획 ㅣ 김효정
북 디자인 ㅣ KHJ북디자인
표지 삽화 ㅣ 발라
교정 교열 ㅣ 조경준
경영 지원 ㅣ 홍종남

이 책을 함께 만든 사람들
종이 ㅣ 제이피씨 정동수 · 정충엽
제작 및 인쇄 ㅣ 천일문화사 유재상

펴낸곳 ㅣ 행복한나무
출판등록 ㅣ 2007년 3월 7일. 제 2007-5호
주소 ㅣ 경기도 남양주시 도농로 34, 부영e그린타운 301동 301호(다산동)
전화 ㅣ 02) 322-3856 팩스 ㅣ 02) 322-3857
홈페이지 ㅣ www.ihappytree.com
도서 문의(출판사 e-mail) ㅣ e21chope@daum.net
내용 문의(지은이 e-mail) ㅣ yesreading@gmail.com
※ 이 책을 읽다가 궁금한 점이 있을 때는 지은이 e-mail을 이용해 주세요.

ⓒ 박기복, 2021
ISBN 979-11-88758-33-3
"행복한나무" 도서번호 : 134

차 례

등장인물 소개

| 현재, 대한민국 |

이태경 _ 먹기를 좋아하는 중3 남학생. 엄마와 아빠가 결혼 20주년 기념 여행을 해외로 떠나면서 조부모 댁에서 방학을 보낸다.

박민기 _ 이웃에 사는 중1 남학생. 부모님이 이혼하는 바람에 시골 조부모 품에서 자라는데 눈치 보지 않고 막무가내로 행동해서 태경이 싫어한다.

| 1923년, 간토 |

이경석 _ 1899년 생으로 이태경의 고조할아버지. 가족을 먹여 살리기 위해 일본으로 건너가 공사 현장에서 노동을 한다.

카즈마 _ 이경석과 같이 현장에서 일하는 일본인 노동자. 일본인들이 조선인들을 마구잡이로 죽이려 하자 동료인 조선인 노동자를 구하려고 목숨을 건다.

마사코 _ 이경석이 위험에 처했을 때 용감하게 나선 일본인 여성. 죽을 위기에 처한 이경석과 낯선 조선인 여성을 구해 준다.

하야시 _ 마사코와 같은 동네에 사는 친구. 헛소문을 믿고 조선인을 죽이려고 한다.

| 어느 날, 어느 나라 |

알　리 _ 행복하게 지내던 어느 날, 갑작스럽게 벌어진 사건으로 동생들과 친구들
　　　　을 잃는다.

압둘라 _ 알리 아빠로 초등학교 교사이며 정부가 싫어하는 일을 한다.

주흐르 _ 알리 엄마로 전자 제품 판매점 사원이며 굳세고 당당하게 어려움에 맞
　　　　선다.

수아드 _ 알리 여동생. '수아드'라는 이름에는 행운과 행복이란 뜻이 있다.

하　산 _ 알리 막내 동생. 귀엽고 장난기가 많다.

파티야 _ 알리가 마음에 두는 여학생.

후세인/함자/살라 _ 알리 친구들.

참고 : 이 소설은 세 이야기가 각기 다른 배경으로 진행됩니다. 각 이야기
마다 서술자가 다르므로 이에 유의하며 읽으시기 바랍니다.

●

'기독교인 한 명의 잘못은 그 개인의 책임이고,
유대인 한 명의 잘못은 모든 유대인에게 책임이 있다'는
옛 진리를 확인하면 더욱 슬퍼져.

「안네의 일기」 중에서

현재, 대한민국 *1*

할아버지가 건네준 글

: 이태경 :

"엄마 아빠가 여행하는 내내 시골집에서 지내야 하는데, 정말 괜찮 겠어?"

"괜찮다고 몇 번이나 말했잖아."

"할머니 할아버지 속 썩이지 말고."

"내가 앤가. 알아서 잘해."

"공부 손 놓지 말고."

"염려 마."

"심심하다고 게임만 하지 말고."

"알았어, 알았다고."

영상통화를 하는 내내 엄마는 하지 않아도 되는 잔소리를 쏟아냈다.

엄마와 아빠는 결혼기념일을 맞아 해외여행을 가는데, 그동안 나는 할아버지 할머니가 사는 시골에서 지내기로 했다. 할머니 할아버지는 교통이 불편한 산골에 살기에 잠깐 놀기는 좋지만 한동안 지내기에는 썩 좋은 환경이 아니다. 코딱지만 한 가게라도 가려면 20분 넘게 차를 타야 하고, 읍내에 가려면 또 그만큼 나가야 하는데 가 봤자 그 흔한 게 임방조차 없다. 대형마트나 영화관을 가려면 큰마음 먹고 움직여야 한다. 그렇지만 엄마와 아빠가 해외여행을 가는데 내가 걸림돌이 되기는 싫었다. 더구나 결혼 20주년 기념 여행이고, 두 분이서만 편하게 여행을 가 본 적이 없기에 나는 기꺼이 나 자신을 희생하기로 했다. 방학이면 쏟아지던 엄마 잔소리가 사라지는 혜택은 희생에 대한 보상으로는 괜찮은 편이다.

"음식 투정하지 말고."

"걱정 마."

"너 전에 갔을 때 괜히 투정부려서 할아버지가 읍내까지 가서 고기 사왔잖아. 그런 짓은 하지 말라고."

"그때는 어렸으니까 그렇지."

엄마가 뭐라고 더 잔소리를 하려는데 아빠 말이 밀고 들어왔다.

"할아버지 일손도 조금씩 도와. 방에서 뒹굴지만 말고."

아빠까지도 잔소리였다. 두 분이서 누가 더 많이 잔소리를 하는지 내기라도 건 걸까?

아빠가 잔소리를 하자 엄마가 화면에 아빠 얼굴이 나오게 했다. 엄마 잔소리도 충분한데 아빠 잔소리까지 더 듣고 싶지는 않았다.

"네, 네, 네! 걱정 마십시오. 두 분! 다 큰 자식 걱정은 그만하시고, 여행을 즐길 준비나 잘 하세요."

나는 한껏 장난기를 발휘하여 잔소리를 차단했다.

"그래, 그래! 아들, 잘 지내!"

아빠가 얼굴을 부담스럽게 화면에 들이댔다가 뒤로 뺐다. 영상통화를 할 때마다 아빠는 화면에 얼굴을 바짝 댄다. 도대체 왜 그러는지 모르겠다.

아빠가 몸을 뒤로 빼면서 약간 움직였는지 잠깐 동안 엄마와 아빠가 화면에 보이지 않았다. 엄마와 아빠가 사라진 화면에는 공항과 어울리지 않는 장면이 언뜻 스쳤다. 나는 영상통화를 끝내려다가 궁금증이 일었다.

"저 뒤에는 뭐야?"

"어디?"

아빠 목소리만 들렸다.

"아빠랑 엄마 뒤에……. 무슨 노숙자가 같은 사람들이 있는데……."

엄마와 아빠가 뒤를 돌아보는지 화면이 크게 흔들렸다.

"이슬람 사람들이네."

아빠가 말했다.

"이슬람 사람이라고? 노숙자 같아 보이는데?"

나는 고개를 갸우뚱했다.

"여자가 머리에 수건인지 히잡인지 두르고 있는 걸 보면 이슬람 맞아."

엄마가 답해 주었다.

"소파까지 끌어다 모아놓고 지저분하게……."

아빠가 혀를 찼다.

"거기 출국장 아니야? 왜 저렇게 있대?"

"모르지, 이슬람은 하여튼……."

아빠는 고개를 절레절레 흔들었다.

"여자들 머리에 저런 수건이나 씌우고 뭐하는 짓인지."

엄마도 투덜거렸다.

"뭔 사정이 있겠지. 곧 비행기에 탈 시간 아니야?"

괜히 여행을 가는 엄마 아빠 기분을 망치는 듯해서 나는 얼른 화제를 돌렸다.

"그러네. 이제 나가야겠다."

아빠 말소리와 함께 화면이 움직였다. 빠르게 움직이는 화면으로 머리 수건을 쓰고 수도복을 입은 수녀님들이 지나가는 모습이 잠깐 비치더니, 이내 엄마와 아빠 얼굴이 나타났다.

"20주년 여행 잘 다녀와."

"그려, 아들도 잘 지내."

"에어컨 틀어달라고 찡찡대지 말고."

엄마는 끝까지 잔소리를 했다.

"네, 네, 걱정 마십쇼!"

나는 장난스럽게 되받아치고는 전화를 끊었다.

영상통화를 마치고 스마트폰을 주머니에 넣고 밖으로 나왔다. 할아버지와 할머니는 보이지 않았다. 나는 마당으로 나가 감나무 그늘 아래에 앉았다. 감나무 아래 평상에 앉아 가까이 흐르는 개울물 소리에 귀를 기울이면 마음이 상쾌해진다. 나는 어릴 때부터 할아버지 집에 자주 왔는데, 감나무 아래에서 듣는 개울물 소리를 가장 좋아한다. 도시와 같은 놀 거리가 없어서 심심하긴 하지만 그래도 개울물 소리는 심심함을 잊게 만들 만큼 기분을 맑게 한다.

한 시간쯤 감나무 밑에서 느긋하게 쉬었다. 해가 뉘엿뉘엿 질 때쯤 할아버지와 할머니가 먹을 것이 잔뜩 든 장바구니를 들고 들어왔다. 무거운 짐을 보니 괜히 죄송스러우면서도 반가웠다.

저녁은 풍족했다. 할머니 음식 솜씨는 빼어났다. 아무래도 방학 동안 살이 더 찔 것 같은 불길하면서도 행복한 예감이 들었다. 저녁을 먹고 나서는 과자를 먹으며 텔레비전을 봤다. 아무런 간섭 없이 드러누워 텔레비전을 마음껏 보니 그렇게 좋을 수가 없었다. 질릴 만큼 보다가 일어서는데 할아버지가 구석진 방 책상에 앉아 있는 모습이 보였다. 낡은 공책과 새 공책을 펴놓고 일일이 견주고 계셨는데, 하나하나 꼼꼼하게 살폈다. 궁금증이 일어 할아버지에게 다가갔다.

"할아버지, 뭐하세요?"

할아버지는 안경을 벗어 낡은 공책 위에 내려놓았다. 낡은 공책에

적힌 글은 한자와 일본어와 한글이 뒤죽박죽 뒤섞여서 봐도 무슨 말인지 이해하기가 불가능했다.

"제대로 옮겼나 확인하고 있단다."

"와! 할아버지, 번역도 하세요?"

"번역은 아니고, 할아버지의 할아버지가 남긴 글을 발견했는데 도무지 알아먹기 힘들어서 공부해 가며 요즘 글로 옮기고 있어."

"할아버지의 할아버지라면…… 고조할아버지시네요?"

"그렇지! 태경이 똑똑하구나."

똑똑하다는 소리는 언제 들어도 기분이 좋다.

"무슨 내용이에요?"

"고조할아버지가 일본에서 겪은 일을 쓰신 글이야."

"고조할아버지면…… 일제시대 때 아닌가요?"

"맞아. 그때 고조할아버지가 일본으로 건너가서 일을 했는데, 그때 겪은 일이 워낙 엄청난 사건이라서 기록으로 남겨두셨나 봐."

고조할아버지가 겪은 기록이라니 호기심이 부쩍 일었다.

"읽어 보고 싶니?"

"네!"

"아직 전부 옮겨 적지는 못했지만, 된 데까지만이라도 읽어 보고 싶다면 그리하렴."

할아버지는 내게 새 공책을 건네주었다.

나는 공책을 소중하게 들고 내 방으로 건너왔다. 책상에 앉아 공책을 펴들었다.

 '1923년, 9월 1일 토요일, 요란한 빗소리에 눈을 떴다. 숙소 안 공기가 눅눅하고 답답했다. 몸을 일으키는데 어제 일하다 부딪친 팔뚝이 아릿아릿했다. 크게 아프지는 않았지만 무리하지 않고 쉴 생각이었는데, 비 핑계로 일을 쉬어도 되니 다행이었다. …… '

흔들리는 대지

: 이경석(이태경 고조할아버지) :

1923년, 9월 1일 토요일, 요란한 빗소리에 눈을 떴다. 숙소 안 공기가 눅눅하고 답답했다. 몸을 일으키는데 어제 일하다 부딪친 팔뚝이 아릿아릿했다. 크게 아프지는 않았지만 무리하지 않고 쉴 생각이었는데, 비 핑계로 일을 쉬어도 되니 다행이었다.

고향을 떠나 일본 도쿄에 온 지도 벌써 두 해째다. 이제 공사장 일에도 적응을 했고, 부지런히 일한 덕분에 일본인 현장소장에게 인정도 받았다. 나는 조선을 떠나고 싶지 않았다. 그러나 조선에서는 먹고 살기가 불가능했다. 조상 대대로 일구어 왔던 땅을 토지조사사업이란 명목으로 모두 빼앗기면서 우리 집은 일본인 지주에게 땅을 빌려 일하는 소작농으로 전락했다. 소작농이 되니 뼈 빠지게 일해 봐야 왕창 빼앗겨서 먹을 게 거의 없었다. 그나마 노력을 하면 조금은 더 많은 곡식을 손에 넣기에 아버지는 무리해서 일했고, 과로를 하다 쓰러지고 말았다. 아버지가 쓰러지니 가족을 먹여 살릴 사람은 나밖에 남지 않았다. 두 해 동안은 열심히 일했다. 그야말로 몸이 부서지도록 일을 했다. 그러나 오늘 하루 먹을거리를 해결하면 다음 날 먹을거리를 걱정해야만 하는 신세였다. 그때 일본 본토에서 일할 건설공사 인부를 구한다는 말을 들었다. 들어보니 일은 힘들지만 임금은 조선에서 받는 금액과는 견줄 수 없을 만큼 많았다. 나는 주저하지 않고 일본으로 넘어왔다.

　일본에 건너와서 마주친 현실은 듣던 바와는 딴판이었다. 조선에서 일할 때보다 훨씬 힘들었다. 일본인들은 우리를 노예처럼 부려 먹었고, 일본인 노동자들이 피하는 위험하고 힘든 일을 시켰다. 많은 이들이 다쳤고, 때로는 도망쳤다. 그러나 나는 이를 악물고 버텼다. 버티지 않으면 나뿐 아니라 가족들 생계도 심각하게 위협받기 때문이었다. 나는 조금이라도 기술을 익히기 위해 이를 악물고 노력했다. 손재주가 좋아 기술을 빨리 배웠다. 일본 말도 악착같이 익힌 덕분에 일본인들이 본토 일본인만큼 잘한다고 놀랄 정도가 되었다. 기술도 익히고 일본 말도 잘 하고 성실하게 일을 하니 현장 소장이 나를 좋아했고, 그 덕분에 조금 덜 힘든 곳으로 옮겨서 일을 하게 되었다.

　이제 일본인 노동자들보다는 돈을 못 벌지만 조선에서 일할 때와는 견줄 수 없을 만큼 많은 돈을 벌게 되었다. 생활비는 최대한 아껴 쓰고 남는 돈은 조선에 있는 가족에게 보낸다. 나 덕분에 가족들은 굶어죽지 않고 살아간다. 내가 다치거나 아파서 일을 못하게 되면 가족들은 곧바로 생계에 위협을 받는다. 그러니 내 몸은 내 한 목숨이 아니라 내 가족들 전체 목숨이나 마찬가지다. 몇 달 전에 무리해서 일했다가 된통 고생한 뒤로 몸조심을 최우선에 두었다. 예전 같으면 팔이 아릿한 정도로 일을 쉬려고 궁리하지는 않았겠지만 한번 고생하고 난 뒤로는 조금 돈을 못 벌더라도 몸을 건강하게 간수하려고 조심했다.

쉬이 그칠 비로 보이지 않았다. 여느 때 같으면 새벽부터 일어나 움직였겠지만 거센 비가 오니 다들 느긋했다. 빗소리를 들으며 아침을 먹었다. 떠나 온 고향, 가족 이야기는 늘 비슷하지만 정겨웠다. 아침 시간에 느긋하게 밥을 먹는 여유는 흔치 않기에 후덥지근하고 우중충한 실내 공기에도 다들 기분이 좋아 보였다. 아침을 맛있게 먹고 느긋하게 쉬는데 열 시쯤 비가 그쳤다. 비가 그치자마자 숙소에 있는 전화기가 울렸다. 급하게 해야 할 일이 있다며 나오라고 했다. 나는 몸이 안좋다고 말하면서도, 꼭 가야 한다면 가겠다고 했다. 현장 소장은 나를 좋게 봤기에 쉬라고 했다.

동료들이 다 일하러 떠나고 숙소에 홀로 남았다. 날이 무더웠다. 비가 온 뒤라 그런지 숙소 안에 습한 공기가 가득했다. 땀이 나고 눅눅했지만 그래도 한가하게 쉬니 좋았다. 숙소에 몸을 눕히고 있다가 깜빡 잠이 들었다. 오랜만에 맛본 제대로 된 낮잠이었다. 잠에서 깨니 몸이 가뿐했다. 무리하지 않고 쉬기를 정말 잘했다는 생각이 들었다.

시간을 보니 점심때가 다 되었다. 혼자 숙소에서 점심을 챙겨 먹어야 했다. 혼자이기에 마음이 그리 급하진 않았다. 음식이야 뻔했는데도 뭘 먹을지 잠시 고민했다. 조선에서 먹었던 음식들을 떠올렸다. 솔직히 고향에서 먹었던 음식이 거의 떠오르지 않았다. 늘 굶었고, 배불리 먹어 본 적이 없었다. 늘 끼니를 걱정했고, 맛보다는 한 번이라도 배부르게 먹고 싶다는 갈망만 가득하던 시절이었다. 그래도 여기서는 현장 소장이 가끔 맛있는 음식을 사준다. 배를 채우기 위해서가 아니라 맛을 느끼며 음식을 먹다보면, 괜히 고향에 있는 가족들에게 미안해진다.

방 안 공기가 지나치게 더웠다. 땀이 등을 타고 흘렀다. 9월이 되었는데 왜 이리 습하고 더운지 모르겠다. 몸을 이리저리 움직여 보았다. 곳곳이 찌뿌드드했다. 신선한 공기를 마시고 싶어서 밖으로 나갔다. 흐릿한 하늘에 바람이 거셌다. 맑은 공기는 아니었지만 그나마 바깥 공기를 마시니 나름 상쾌했다. 기지개를 켜고 몸을 흔들며 몸 안에 쌓인 끈적끈적함을 내보냈다.

"배가 고프네."

숙소로 들어가서 밥을 챙겨 먹어야겠다고 마음먹고 몸을 돌리려는데, 갑자기 땅이 흔들렸다. 맨땅에서 균형을 잡고 서 있기 힘들 정도로 엄청난 흔들림이었다. 처음에는 내 몸이 아파서 어지러운 줄 알았다. 괜찮아졌다고 느꼈지만 몸에 탈이 나서 균형을 잡고 서 있지 못할 만큼 아픈 줄 알았다. 고향에 있는 가족들 걱정부터 했다. 내가 이대로 쓰러지면 가족들이 모두 죽을지도 모른다는 걱정을 하니 가슴이 미어졌다. 그때 뒤에서 우르르 소리가 났다. 천둥처럼 무서운 소리였다. 흔들리는 몸을 겨우 추스르며 소리가 나는 곳을 봤다.

"맙소사!"

내가 들어가려고 했던 숙소가 무너져 내렸다. 내가 그 안에 있었다면 살아나지 못했을 만큼 무시무시한 붕괴였다. 그때서야 나는 엄청난 흔들림이 말로만 듣던 지진임을 알아차렸다. 숙소가 무너지며 뿌연 먼지가 날렸다. 여기저기서 집이 무너지는 소리가 들렸다. 지진이 처음이었기에 나는 내 몸 하나도 제대로 건사하기 힘들었다. 지진이라는 말은 숱하게 들었지만 땅이 흔들리고 집이 무너지는 사태는 상상해 본 적이 없기에 어찌할 바를 몰랐다. 강력한 흔들림이 멈춘 뒤에도 정신을 차리지 못하다가, 겨우 마음과 몸을 진정시켰다.

조금 뒤, 무너진 건물 곳곳에서 불꽃이 솟구쳤다. 집집마다 점심시간이 돼서 밥을 하려고 피운 불이 건물에 옮겨 붙은 듯했다. 불꽃은 강한 바람을 타고 삽시간에 번졌다. 하늘 가득 불꽃이 붉은 혀를 내휘두르며 허공을 덮었고, 검은 연기가 숨 쉴 공기를 앗아갔다. 그 자리에 있다가는 불에 타든, 연기에 질식하든 죽음을 피하기 어려웠다. 나는 있는 힘을 다해 뛰었다. 일단은 공사 현장으로 가는 게 좋을 듯해서 그쪽 방향으로 뛰었다.

대지를 쪼개는 굉음

: 알리 :

나는 초등학교 6학년 학생이었다. 맞다. 학생이었다. 지금은 학생이
아니다. 나이는 변함없지만 더는 학생이 아니다. 그날 이후 내 삶은 모
두 무너졌다. 나는 거의 모든 걸 잃었다.

* * *

그 일이 일어나기 전날, 학교 수업을 마치고 나는 친구들과 축구 경
기를 했다. 우리 편인 후세인이 두 골, 살라가 한 골을 넣어서 3 대 0으
로 승리했다. 나는 도움을 두 개나 기록했다. 모처럼 거둔 완벽한 승리
였다. 신이 난 우리 셋은 시합이 끝난 뒤에도 공을 차며 진이 빠지도록

놀았다. 집에 와서 동생들에게도 자랑하고, 저녁을 먹으면서도 오늘 거둔 승리가 얼마나 완벽했는지 떠들어 댔다. 과장이 섞인 내 얘기를 엄마는 웃으면서 끝까지 들어 주었고, 아빠는 메시를 언급하며 나에 대한 섣부른 기대를 드러내기도 했다.

저녁을 먹고 났는데 몸이 으슬으슬 추워지더니 갑자기 열이 끓었다. 몸 곳곳을 가시가 찌르고, 누군가 방망이로 두드리는 듯했다. 내가 힘들어하니 엄마는 한밤중에 나를 차에 태워 응급실에 갔다. 그곳에서 주사도 맞고 약도 먹었다. 치료를 받으니 끓던 열이 조금 떨어지고 몸살도 줄어들면서 견딜 만했다.

집에 돌아와서는 내 방으로 곧바로 들어가 침대에 드러누웠다. 엄마가 이불을 덮어주었다.

"푹 자면 괜찮아질 거야."

엄마가 내 이마를 부드럽게 쓰다듬었다.

"수아드랑, 하산은?"

수아드는 두 살 아래 여동생이고, 하산은 올해 막 초등학교에 입학한 남동생이다.

"이미 잠들었어."

"내일 아침에 혹시라도 내 방으로 오려고 하면 못 오게 해. 병을 옮길 수도 있잖아."

"어휴, 동생들 걱정까지. 우리 아들 듬직하네."

엄마가 내 뺨을 어루만졌다.

나는 눈을 감았다. 여전히 몸이 쑤시고 아팠지만 엄마가 듬직하다고 칭찬해 주니 행복했다. 행복한 기분 때문인지 금방 잠이 들었다.

아침에 일어났는데 다시 열이 나고, 몸살도 어젯밤과 다름없었다.

"알리, 괜찮니?"

엄마가 내 머리를 만졌다.

"이런, 다시 열이 나네."

나는 목을 손으로 감싸 쥔 채 엄마를 봤다. 나는 입만 벙긋벙긋하며 목이 아프다고 말하려고 했지만 소리가 밖으로 나오지 않았다. 엄마는 내 상황을 알아차리고는 입을 벌려 보라고 했다.

"목이 많이 부었네. 안 그래도 어제 의사 선생님이 자고 일어나면 목이 부어 있을지도 모른다고 했어. 약을 처방받았으니 걱정 마. 잠깐 기다려. 약 가져올게."

목이 간질간질해서 기침을 하려고 했지만 마른기침도 나오지 않았다. 조금 뒤 엄마가 따뜻한 물과 약을 가지고 왔다. 침대에서 간신히 몸을 일으켜 약을 먹었다. 따뜻한 물이 들어가니 목이 조금은 풀리는 듯했다.

그때 수아드가 문을 빼꼼히 열고는 고개를 내밀었다.

"오빠, 괜찮아?"

나는 괜찮다고 말하려고 했지만 소리가 나오지 않았다. 그러고는 방으로 들어오지 말라고 손을 휘저었다.

"무슨 말인지 아니까 걱정 마. 안 들어가. 오빠가 걱정하니 오빠 방으로 들어가면 안 된다고 엄마가 말해줬어."

나는 손으로 동그라미를 그려서 보여주었다.

"빨리 나아! 그래야 또 어제처럼 멋지게 축구를 하지."

나는 고개를 끄덕이며 활짝 웃었다.

"형! 힘 내!"

수아드 뒤에서 하산이 지르는 소리가 들렸다.

"하산은 멀리 있어. 내가 아예 오빠 방문 가까이도 못 오게 했어."

수아드가 의젓하게 말했다. 나는 엄지를 치켜세웠다.

"수아드, 하산 학교 갈 준비 좀 엄마 대신 해주겠니?"

"네, 엄마!"

수아드가 한쪽 눈을 찡긋하더니 문을 닫고 사라졌다.

엄마는 내 방에 머물며 내 다리와 팔을 정성스럽게 주물렀다. 엄마 손이 닿을 때마다 아릿아릿하면서도 푸근한 기분이 들었다. 엄마 손이 약이 되어 내 몸을 치유해 주는 듯했다.

방문이 열렸다.

"주흐르!"

아빠였다.

"아침 준비 다 됐어."

아빠가 방으로 들어오더니 엄마에게 입을 맞추었다.

"알리, 몸은 좀 어떠니? 말도 못 한다고 수아드가 그러던데."

나는 입을 벙긋거리며 목이 아픈 시늉을 했다.

"목이 많이 아픈가 보네. 담임 선생님께는 아빠가 이미 연락했어. 오늘은 학교에 가지 말고 집에서 쉬어."

아빠는 내가 다니는 초등학교 선생님이다.

"압둘라! 수아드랑 하산이 준비를 제대로 했는지 확인했어?"

"완벽해. 수아드가 어찌나 하산을 챙기는지, 마치 당신을 보는 듯했어."

엄마가 빙그레 웃었다. 엄마 이름인 주흐드는 꽃이란 뜻인데, 엄마가 활짝 웃으면 꽃처럼 예쁘다. 수아드는 어릴 때는 몰랐는데 점점 엄마를 닮아 간다.

"알리, 오늘은 푹 쉬렴. 엄마는 점심때 들를게."

엄마는 전자 제품 판매점에서 일한다. 엄마가 일하는 판매점은 한국산 제품만 파는데 아주 인기가 좋다. 엄마는 그래서 늘 바쁘다. 이웃에 사는 동네 형도 결혼할 때 온통 한국 전자 제품만 샀다. 그러면서 엄청 자랑을 했다. 나도 이다음에 결혼하면 전부 한국산 전자 제품을 사서 집안을 멋지게 꾸밀 것이다.

엄마 덕분에 우리 집에는 늘 최신 전자 제품만 있다. 특히 스마트폰은 늘 최신형이다. 내 생일에 한국에서 만든 최신형 스마트폰을 받았는데 정말 좋았다. 이런 스마트폰을 만든 나라에 한번 가보고 싶었다. 아빠는 막내인 하산이 해외여행을 할 만한 때가 되면 가장 먼저 한국으로 여행을 가겠다고 굳게 약속했다. K-POP을 좋아하는 수아드는 아빠가 한국 여행을 꼭 가겠다고 하자 아빠를 껴안고 뽀뽀하고, 방방 뛰면서 엄청 좋아했다. 그때 아빠는 확실하게 약속을 지키겠다는 의미로 우리 여권도 모두 만들었다. 여권이 생기자 나와 수아드는 당장 내일이라도 한국에 갈 것처럼 기뻐했다. 여권까지 만들었음에도 하산은 아직 철이 없어서 한국 여행이 얼마나 설레는 일인지 알아차리질 못했다. 괜히 하산에게 빨리 크라고 구박하기도 했다. 나이는 시간이 가야 먹는데 말이다.

방에 혼자 남은 나는 왓츠앱으로 친구들에게 메시지를 보냈다.

💬　나 아파.

최대한 아파 보이게 사진도 찍어서 보냈다.

💬　학교에 못 올 정도야?

함자가 가장 먼저 연락을 해 왔다.

💬　쯧쯧, 엄청 아파 보이네.

살라는 눈물을 흘리는 그림말(이모티콘)도 보내왔다.

💬　오늘 다시 시합하기로 했는데, 도움왕이 없으면 어떡해?

　　　　　　　　　　　　　　　　　　수상한 소년들 난민과 통하다

후세인은 축구 걱정이 먼저였다.

🗨 야, 나보다 축구 시합이 더 걱정이냐?

그렇게 따지기는 했지만, 은근히 기분이 좋았다.

💬 ㅠㅠ~. 빨리 나아.

파티야였다. 가장 반가운 문자였다.

🗨 고마워.

파티야는 참 예쁘다. 어릴 때는 몰랐는데 요즘은 볼수록 예뻐진다. 파티야 메시지를 받고 나니 기운이 났다. 파티야와 문자를 주고받는 동안에는 아픈 몸을 잊을 만큼 행복했다.

하루 내내 파티야와 그렇게 문자를 주고받고 싶었지만 수업 시간이 우리를 가로막았다. 나는 화장실에 다녀온 뒤 다시 침대로 들어가 이불을 뒤집어썼다. 이불 속에서 스마트폰으로 페이스북에 아픈 사진을 올리고, 유튜브 영상을 찾아 봤다. 수업하는 애들을 생각하니 계속 깨어서 한가한 즐거움을 누리고 싶었지만 그러기에는 몹시 피곤했다. 동영상을 보다가 까무룩 잠이 들었다.

자다가 많은 꿈을 꾸었다. 쓰러진 나를 파티야가 와서 간호해 주는 꿈도 꾸었고, 내가 축구선수가 되어 메시가 골을 넣도록 도와주는 꿈도 꾸었다. 달콤한 꿈이었다. 꿈을 꾸는 순간에는 몰랐다. 그 꿈이 이 세상에서 마지막으로 꾼 행복한 꿈이 될 줄은.

쿠쿠쿵~~~~!

대지를 쪼갤 듯한 굉음이었다. 꿈은 산산조각 났고, 나는 놀라서 벌떡 일어났다.

꾀죄죄한 방문자

: 이태경 :

아침을 먹고 방에 누워서 게임을 하고, 레고를 조립했다. 조각이 엄청나게 많은 레고여서 오랜 시간 조립해야 하기에 일부만 조립하고 나머지는 방 한쪽에 잘 보관했다. 엄마와 한 약속을 지키려고 수학 문제를 마지못해 푸는데 금방 졸렸다. 게임과 레고를 하며 놀 때는 맑기만 하던 머리가 수학 문제를 만나자 급격하게 흐릿해지다니…. 내 머리는 공부를 잘하기는 글러 먹은 모양이다. 문제집을 치워 버리고 밖으로 나갔다. 거실에서 텔레비전을 켜고 채널을 돌리는데 볼만한 프로그램이 없었다. 거실 밖 창고에서 할아버지가 부지런히 일하는 모습이 보였다. 나는 텔레비전을 끄고 밖으로 나갔다.

"할아버지, 제가 도울 일 없어요?"

"안 그래도 이것들 좀 씻어야 하는데……."

할아버지 앞에는 흙이 잔뜩 묻은 삽, 곡괭이, 호미를 비롯한 각종 농기구가 쌓여 있었다.

"어떻게 하면 돼요?"

"저쪽 수돗가로 가져가서 깨끗이 씻은 뒤에 바닥에 비닐을 깔고 가지런히 말리면 돼."

어려운 일이 아니었다.

나는 농기구를 수돗가로 가져가서 물을 뿌렸다. 웬만한 흙은 물을 뿌리기만 해도 떨어졌지만 더 깔끔하게 씻으려고 일일이 수세미로 닦았다. 그다음에 창고에서 비닐을 가져와 볕이 잘 드는 마당에 깐 다음 농기구를 가지런히 놓았다. 잘 마르게 하려고 바닥과 농기구 사이도 다 띄웠다.

"일머리가 좋네."

할아버지 칭찬을 들으니 어깨가 으쓱해졌고, 더 열심히 일하겠다는 의욕이 솟았다. 나는 아무래도 공부보다는 이런 쪽이 더 적성에 맞는 듯하다. 따가운 햇살에 땀이 줄줄 흘렀지만 수학 문제 풀이보다는 훨씬 즐거웠다. 신이 나서 더 열심히 농기구를 씻는데 낯선 녀석이 마당으로 들어왔다. 머리는 부스스하고 옷은 꾀죄죄했다. 그 녀석은 나를 뚫어져라 보면서 위아래로 훑어봤다. 달갑지 않은 시선이었다.

"민기 왔냐?"

그 녀석은 할아버지에게 인사도 안 하고 계속 나만 관찰했다.

"민기 왔니? 이쪽은 할애비 손주야."

할아버지는 그 녀석을 반갑게 맞이했다.

"태경아, 인사해라. 저기 저 윗집 사는 민기다."

나는 그 녀석 눈을 빤히 보며 "안녕!" 하고 어색하게 말을 걸었다.

그 녀석은 내 인사는 들은 척도 안 하고 마당 안으로 들어와서는 이곳저곳을 기웃거렸다. 일을 하는데 자꾸 그 녀석이 거슬렸다. 마치 자기 집 마당처럼 아무렇지 않게 돌아다니는 꼴이 마음에 들지 않았다. 마당 이곳저곳을 살피던 녀석이 말도 없이 집으로 들어갔다.

'저 녀석 뭐야?'

허락도 받지 않고 들어가는 게 거슬려서 할아버지를 보았지만 할아버지는 아무렇지 않은 듯 당신이 하는 일에 열중하셨다. 소파에 앉아 리모컨을 든 녀석이 거실 창문으로 보였다. 마치 자기 집이라도 되는 듯 자연스러운 자세였다. 리모컨을 한참 만지던 녀석은 거실 곳곳을 살피며 돌아다녔다. 어느 순간 거실 창문에서 보이지 않는 곳으로 사라졌다.

'설마, 내 방으로 들어가지는 않았겠지?'

나는 불안했다.

내 물건을 마구 만지고, 레고를 망가뜨리는 모습이 상상이 됐다. 아빠가 비상금으로 챙겨 준 돈도 걱정이었다.

"앗 차가워!"

마음을 다른 데 쓰다 물을 바지에 쏟아붓고 말았다. 내 방이 걱정됐지만 하는 일을 멈추고 들어갈 수는 없었다. 할아버지는 아무렇지 않아 하는데 의심을 대놓고 드러내기는 어려웠다. 일을 빨리 끝내고 들어가 보는 수밖에 없었다. 나는 꼼꼼함을 버리고 속도를 택했다. 대충 닦고 얼른 일을 마무리했다.

나는 목이 마른 척하며 재빨리 집 안으로 들어갔다. 내 걱정이 맞지 않기를 바랐지만 불행하게도 그 녀석은 방 안에 있었다.

"야, 거기 내 방인데……."

나는 최대한 조심스럽게 말했다.

"여기, 형아 오기 전에는 내가 마음대로 들어왔던 방이야."

그 녀석은 뻔뻔하게 대꾸하고는 책상에 놔둔 내 수학 문제집을 뒤적였다. 내 방에 와서는 수학 문제집에 관심을 기울이다니, 혹시 외모는 꾀죄죄해도 공부를 잘하는 녀석인가 싶어 조금 안심이 되었다.

"이런 문제집도 있네. 형은 이거 다 풀 줄 알아?"

빤히 나를 보는데 아무리 좋게 쳐줘도 얼굴 생김새가 공부 잘하는 부류 같지는 않았다.

나는 대꾸는 않고 최대한 한심한 표정을 지어서 내 감정을 전달해 주었다. 그러거나 말거나 그 녀석은 수학 문제집을 뒤적거리더니 바닥에 놓인 레고 앞으로 다가가 쭈그려 앉았다.

"와, 레고다! 조각도 엄청 많고, 복잡하네."

그리고는 내가 만들어 놓은 레고를 만지더니, 조립을 위해 깔끔하게 정리해 놓은 조각들을 손으로 툭툭 쳤다. 그대로 두었다가는 엉망이

　　　　　　　　　　　　　　수상한 소년들 난민과 통하다

될까 봐 무척 걱정이 되었다.

"야, 건드리지 마!"

나는 레고를 지키기 위해 세게 나섰다. 내가 강하게 제지했음에도 그 녀석은 자꾸 조각들을 뒤적거렸다.

"만지지 말라고! 그거 흐트러지면 엉망이 돼!"

나는 거칠게 말하며 조각들을 정리한 상자를 손으로 잡았다. 그럼에도 그 녀석은 내 레고 조각을 몇 개 들더니 가만히 살폈다.

"나도 옛날에 레고 참 좋아했는데……."

"흐트러지면 안 된다니까!"

잡기 싫었지만, 어쩔 수 없이, 그 녀석 손을 움켜쥐었다.

"내려 놔. 이건 건드리면 안 돼."

"쳇."

그 녀석은 레고를 툭 놔버리더니 일어섰다.

레고 몇 개가 바닥에 떨어졌다. 나는 깜짝 놀라 레고를 집어 상자에 맞게 정리했다. 한 개라도 잘못 들어가면 생고생을 하기에 조심스럽게 원래 자리에 정리해 두었다.

'저걸 그냥!'

할아버지만 아니면 욕이라도 퍼붓고 싶었다.

그 녀석은 방을 한번 훑어보더니 거실로 나가 버렸다. 나는 혹시나 그 녀석이 건드리거나 가져간 게 없나 살폈다.

'가방이 왜 열려 있지?'

나는 아침부터 가방을 전혀 만지지 않았으니 당연히 가방은 닫혀 있어야만 했다. 가방이 열려 있다는 것은 그 녀석이 가방을 건드렸다는 뜻이었다.

'설마!'

나는 재빨리 가방을 뒤졌다. 돈이 가득 든 지갑을 가방 안에 놓아두었기에 걱정이 컸다. 다행히 지갑은 가방 안에 그대로 있었다. 돈을 셌다.

'얼마였더라?'

기억이 명확하지 않았다. 아빠가 혹시 모른다면서 꽤나 많은 돈을 주었고, 내 돈도 찾아서 지갑에 넣어 두었기에 얼마인지 확신하기 힘들었다. 돈이 적으면 모를까 많은 돈이 든 지갑에서 지폐 한두 장만 빼가면 나로서는 알아챌 방법이 없었다. 하는 꼴을 보거나, 가방 상태를 봐서는 훔쳤을 가능성도 있었다. 그러나 대놓고 물어볼 수도 없었다. 이러지도 저러지도 못하는 난감한 상황이었다.

방문 쪽에서 인기척이 느껴졌다. 나는 얼른 지갑을 넣고 방문 쪽을 봤다. 그 녀석이 내 가방을 뚫어져라 보고 있었다. 나는 의심이 들끓었지만 꾹 참았다. 어차피 밝혀내기 불가능한 의심이었고, 잘못했다가 괜히 나만 나쁜 놈이 되기 십상이었다. 나는 얼른 일어나 그 녀석을 밀어내고 방문을 닫았다. 그러고는 문손잡이 옆에 달린 잠금장치를 눌렀다.

젖은 바지가 찝찝했다. 바지를 갈아입고 가만히 방을 살폈다. 옷을 갈아입었지만 기분은 여전히 찝찝했다.

"태경아! 밥 먹어라!"

할머니가 나를 불렀다.

그 녀석이 사라졌기를 바라면서 밖으로 나갔는데, 그 녀석은 식탁 한가운데 떡 하니 앉아 있었다. 모르는 사람이 보면 주인이라고 착각할 만큼 당당했다.

식탁에는 내가 좋아하는 반찬과 요리가 가득했다. 할머니가 특별히 나를 위해 준비한 먹을거리들이었다. 앉을 곳이 그 녀석 옆 자리밖에 없었다. 꺼림칙했지만 바짝 붙어서 앉았다. 나는 할머니를 기다리는데 그 녀석은 젓가락을 들더니 맛있는 반찬을 왕창 집어갔다. 그러고는 소리를 크게 내며 씹어 먹었다.

"많으니까 천천히 먹어."

할머니가 다독였지만 그 녀석은 아랑곳하지 않고 허겁지겁 반찬을 입에 쑤셔 넣었다.

내가 좋아하는 반찬이 쑥쑥 줄어들었다. 그 녀석 젓가락이 닿는 반찬은 먹기도 찜찜해서 손이 잘 가지 않았다. 태어나서 처음으로, 맛있는 음식을 앞에 두고도 식욕이 떨어졌다. 짜증이 치밀었다.

밥을 다 먹은 뒤에 그 녀석은 거실 소파에 삐딱하게 앉아 텔레비전을 켰다. 나는 웬만해선 틀지도 않는 에어컨까지 빵빵하게 틀었다. 그러고는 과하게 깔깔거리며 즐거워했다. 몹시 거슬리는 짓이었음에도 할아버지와 할머니는 뭐라고 한마디도 안 했을 뿐 아니라 흐뭇하게 바라보기만 했다. 할아버지가 둘이 같이 놀라고 시켜서 거실에 같이 있어야만 했는데, 시간이 갈수록 인내심이 바닥이 났다. 늦은 오후가 돼서야 그 녀석이 사라졌고, 나는 곧바로 방으로 들어와서 뻗어버렸다. 어려운 수학 문제를 열 시간은 쉬지 않고 풀 때만큼 피곤했다. 낮잠을 자고 일어나서 나는 고민에 빠졌다. 하는 꼴을 봐서는 그 녀석은 앞으로도 똑같은 짓을 계속할 게 분명했기 때문이다. 대책이 필요했다.

1923년, 간토 *2*

타오르는 하늘

: 이경석 :

불지옥이었다. 사방이 불이었다. 거센 바람에 불길이 걷잡을 수 없이 번졌다. 대부분 나무로 지어진 집이다 보니 무너진 건물이 불쏘시개 역할을 했다. 거리는 전혀 안전하지 않았다. 불을 집어삼킨 거센 바람은 거리마저 불 회오리로 뒤덮어 버렸다.

처음에는 공사 현장 쪽으로 가려고 했지만 불길을 피해 우왕좌왕하다 보니 내가 어느 곳을 향해 뛰는지도 알 수 없었다. 무너진 건물과 불길에 휩싸인 거리는 낯설기만 했다. 살기 위한 본능에 따라 불길을 피해 도망치다 보니 사람들이 가는 쪽으로 휩쓸려 갔다. 처음에는 아무 생각 없이 사람들이 가는 쪽으로 무작정 뛰었다. 그러다 이대로 죽으면 조선에 있는 가족들은 어쩌나 하는 걱정이 다시 찾아들었다. 나는 잃어버렸던 정신 줄을 붙잡았다.

'내가 이대로 무너지면 안 돼! 정신 차려! 내 어깨에 가족들 생명이 걸렸어.'

나는 제자리에 멈춰 서서 사람들이 움직이는 방향을 살폈다. 주변이 익숙했다.

'육군 피복공장 터구나!'

사람들이 가려는 곳은 원래 육군이 옷을 만드는 공장이었는데, 공장은 옮겨가고 공원을 만든다면서 비워 놓은 터였다. 그 쪽은 넓은 공터라 아무래도 불길에 더 안전할 듯했다. 공장 터로 몰려드는 사람이 수만 명은 되는 듯했다. 공터로 들어가서 일단 불길이 진정될 때까지 기다릴까 생각했지만 아무래도 동료들을 빨리 찾는 게 먼저라는 생각이 들었다.

내가 어디에 있는지 방향 감각이 잡히자 나는 방향을 틀어 다시 현장 쪽으로 뛰어갔다. 정신을 차리고 거리를 살피니 내 위치가 어디인지 알 수 있었다. 나는 스미다가와 강변을 따라 뛰었다. 사람들은 불길을 피해 제방 주변으로 몰려들었다. 정신없이 움직이는 사람들을 뚫고 동료들이 일하는 현장 쪽으로 달렸다. 무너지는 건물에 깔려 다칠 뻔하기도 했지만 간신히 위기를 피했다. 지대가 높은 곳으로 올라갔다가 숨을 몰아쉬고는 주변을 다시 한번 살폈다. 그러다가 피복공장 터 쪽을 보고 깜짝 놀랐다. 엄청난 불길이 도심을 뒤덮었는데 지옥이 따로 없었다. 불길이 강풍을 따라 도시 전체를 태울 기세였다. 특히나 피복공장 터 쪽 하늘은 검붉은 연기 때문에 아예 보이지도 않았다.

'저곳에 수만 명이 모였는데 괜찮을까? 그래도 터가 넓으니 괜찮겠지?'

나중에 들은 소식에 따르면 불길을 피해 피복공장 터에 모였던 수만 명 가운데 살아남은 사람은 몇천 명뿐이라고 했다. 만약 내가 그곳으로 갔다면, 나도 살아남지 못했을 것이다. 만약 그 순간에 내가 운 좋게 살아남았다는 사실을 알았다면 소름이 돋았겠지만, 나중에 수만 명이 죽었다는 소식을 들었을 때는 무덤덤했다. 그때는 내가 수도 없이 죽을 고비를 넘긴 뒤였기 때문이다. 죽을 고비를 수차례 넘기면서 내 감정은 가뭄이 든 논처럼 메말라 버렸고, 일본인들을 볼 때마다 공포에 떨었다.

어쨌든 나는 운이 좋았다. 물론 그 뒤로도 운이 좋았다. 단 며칠이었지만 생과 사를 가르는 갈림길을 수없이 만났고, 그 갈림길에서 나는 살아남았다. 안타깝게도 많은 이들이 그 갈림길에서 어찌할 수 없는 운명에 짓밟혀서 처참하게 죽었다.

공사 현장은 엉망이었다. 어제까지 내가 일했던 곳이라고는 믿기지 않았다. 산산이 파괴된 현장을 보니 내 몸이 찢어져 나간 듯 괴로웠다. 나와 동료들이 쏟았던 피와 땀이 사라져 버린 허무함에 기운이 쑥 빠져나갔다. 어디든 부서지지 않은 곳이 없었지만 내 몸과 이어진 곳이어서 특히나 더 괴로웠다.

마음을 다잡고 현장을 살폈지만 산 사람도, 죽은 사람도 보이지 않았다. 그나마 불행 중 다행이었다. 공사 현장 안에 있었다면 아무도 살아남지 못했을 터였다. 현장에는 우리들을 싣고 나르던 차가 보이지 않았다. 지진이 나기 전에 다른 곳으로 이동했든지, 아니면 처음부터 다른 곳으로 간 듯했다. 나로서는 알 길이 없었다.

주변을 살폈다. 일을 하느라 오랫동안 지냈던 곳이기에 익숙해야 하는데 낯설기만 했다. 집은 부서졌지만 다행히 불이 나지 않아 다른 곳보다는 덜 비참한 풍경이었다. 몇몇 일본인들이 집밖으로 나와 망연자실하게 서 있는 모습이 보였다. 그 가운데 아는 얼굴이 있었다. 공사 현장 근처에 자리한 가게 주인인 켄타 씨로 현장에 필요한 물건을 사러 종종 들렀기에 안면이 있었다. 켄타 씨 집은 1층이 가게고 2층이 살림집이었는데 건물이 거의 반 정도 무너진 상태였다. 그나마 주변 건물 가운데서는 운이 좋은 편이었다. 집이 반이나 부서졌는데 운이 좋은 편이라고 하는 게 이상하지만 주변 건물들 상태를 보면 운이 좋다는 표현이 알맞았다.

나는 켄타 씨에게 다가가서 물었다. 물론 일본말이었다. 앞서도 말했듯이 나는 일본말을 제대로 쓰려고 무척 노력했고 일본인들과 자유롭게 이야기를 나눌 정도로 능숙했다.

"켄타 씨. 괜찮습니까?"

"오, 이 씨! 무사하군요."

"가족들은?"

"다들 무사합니다."

"천만다행입니다."

"이 씨도 어디 다친 데 없습니까?"

"네. 밖에 잠깐 나와 있을 때 지진이 나서 다행히 무사했습니다."

우리는 서로 손을 꼭 붙잡고 안부를 주고받았다. 모든 게 무너진 상황에서 살아 있음에 감사했다. 켄타 씨는 진심으로 나를 걱정해 주었다.

"혹시 저희 동료들을 보셨습니까?"

"비가 그치고 여기 와서 잠깐 일을 하더니, 지진이 나기 얼마 전에 모두 차를 타고 갔습니다."

"어디로 갔는지는 아십니까?"

"글쎄요. 정확히 모르지만 차가 아라카와 강 방향으로 출발하는 모습은 보았습니다."

아라카와 강 방향이라고 하니 어디로 갔는지 알 만했다. 아라카와 강 방향에 현장 소장이 관리하는 또 다른 공사 현장이 있는데 그곳으로 간 모양이었다.

나는 감사를 전하고 동료들이 있는 곳으로 가야겠다고 했더니 켄타 씨는 가지 말고 자기와 같이 있자고 했다.

"지금은 곳곳이 난리입니다. 그나마 저희 집은 먹을 것도 남아 있고, 집도 어느 정도 온전하니 사태가 진정이 될 때까지 같이 머무세요."

고마운 말이었다. 켄타 씨는 늘 친절했다. 많은 일본인들이 우리를 낮잡아 부르고 멸시할 때도 인간답게 대우해 주었고, 도움도 많이 베풀었다.

"감사합니다. 그렇지만 동료들이 걱정이 됩니다."

"알겠습니다. 혹시라도 동료들을 못 찾거나 머물 곳이 없으면 다시 오세요."

나는 거듭 감사를 전하고 아라카와 강 근처에 위치한 현장으로 걸어 갔다. 거리는 처참했다. 온전한 집을 찾기가 어려웠다. 시커멓고 거대 한 연기는 조금도 사그라지지 않고 도심 쪽 하늘을 까맣게 뒤덮었다.

점점 많은 사람들이 내 주변을 함께 걸었다. 다들 지쳐 보였다. 마음 은 급했지만 지친 몸으로는 걸음을 빨리하기 힘들었다. 피난민들과 발 걸음을 맞춰 천천히 걸었다. 그나마 가까운 곳에 불길이 없어서 당장 목숨을 위협받지 않으니 괜찮았다. 곳곳에 버려진 차가 보였다. 길이 엉망이기에 도저히 차로 이동하지 못해 버려진 차였다. 무너진 건물에 깔려 박살이 난 차도 많았다. 차 안에는 무너진 건물에 깔려 죽은 사람 도 있었는데 아무도 관심을 두지 않았다.

그러다가 익숙한 트럭이 보였다. 나와 동료들을 싣고 다니던 트럭이 었다. 트럭은 깊은 도랑에 빠져 반쯤 뒤집어져 있었다. 황급히 다가가 트럭을 살폈다. 트럭 안에는 아무도 없었다. 차로 이동하다가 지진을 만난 모양이었다. 지진이 준 충격으로 차가 도랑에 빠지긴 했지만 차 상태를 보니 크게 다친 사람은 없을 듯했다.

'차에서 내려 어디로 갔을까?'

숙소는 멀기도 하려니와 불길이 번졌기에 그쪽으로 갔을 가능성은 없었다. 먼저 찾았던 현장 방향에서 내가 왔는데 만나지 않았으니 아

수상한 소년들 난민과 통하다

라카와 강 쪽 현장으로 이동했을 가능성이 높았다. 나는 다시 사람들 무리에 끼어서 아라카와 강 방향으로 걸었다.

날이 어둑어둑해질 무렵에 아라카와 강 제방에 이르렀다. 제방에는 사람들이 넘쳐났다. 강 주변에는 건물이 없고 강이 있어서 화재에 안전했기 때문이다. 곳곳에서 솥에 불을 지펴 밥을 해 먹는 모습이 보였다. 밥 짓는 냄새를 맡으니 갑자기 배가 고팠다. 도심을 뒤덮은 불길은 여전히 가라앉지 않은 상태였다. 빨리 동료들을 찾고 싶었다. 제방 곳곳을 다니며 동료들을 찾았다. 그러다 일본인들이 주고받는 소리에 흠칫 놀랐다.

"조선인이 곳곳에서 불을 지른대."

"저 화재도 조선인 때문이래."

"조선인 수백 명이 모여서 공격을 해온대."

말도 안 되는 이야기였다. 그러나 갈수록 그런 이야기를 하는 사람이 늘었다. 나도 모르게 움츠렸다. 내가 조선인이란 사실이 밝혀지기라도 하면 어떤 일을 당할지 모른다는 두려움이 일었다. 그리고 그 두려움은 곧 현실이 되었다.

어느 날. 어느 나라 *2*

무너져 버린 세상

: 알리 :

집 전체가 흔들렸다. 방에 꽂아 놓은 책과 벽에 걸린 액자가 바닥으로 떨어지고, 장난감과 필기구들도 쓰러졌다. 워낙 강렬한 소리였기에 귀마저 웅웅거렸다. 책에서만 배운 지진이 일어난 걸까? 혹시 내가 아직 꿈에서 깨지 않은 걸까? 아니면 몸이 아파서 착각을 일으킨 걸까?

꿈이라고 하기에는 생생했고, 착각이라고 하기에는 방안 풍경이 너무나 뚜렷했다. 내가 사는 곳에서 지진이 일어난다는 이야기는 들어본 적이 없는데, 설마 지진일까? 지진이 아니라면 도대체 뭘까? 혹시 천둥일까? 창문을 열었다. 하늘은 맑았다. 마른하늘에 천둥이라도 친걸까? 천둥소리에 집이 흔들릴 가능성이 있을까? 아무것도 명확하지 않았다.

수상한 소년들 난민과 통하다

또다시 먼 데서 천둥이 치는 소리가 들렸다. 아무래도 천둥소리 같았다. 이번에도 진동이 느껴지기는 했지만 그리 강하지는 않았다. 다시 소음과 진동이 오는지 기다렸지만 더는 발생하지 않았다. 몸이 조금 떨렸다. 불안함 때문인지 아파선지 구별이 안 됐다. 나는 스마트폰을 들고 인터넷 앱을 눌렀다. 열리지 않았다. 아무 것도 뜨지 않았다. 접속 장애였다. 엄마에게 전화를 걸었다. 전화가 걸리지 않았다. 이건 또 무슨 일이지? 혹시 천둥 때문에 인터넷 연결망이 끊어지기라도 한 걸까?

무슨 일이 벌어졌는지 영문도 모른 채 세상과 완벽하게 단절되고 보니 불안감만 커졌다. 몸이 안 좋은 신호를 보냈다. 잠에서 깰 때는 괜찮았지만 불안이 커지면서 몸도 점점 나빠졌다. 시계를 봤다. 엄마가 올 시간은 아직 두 시간은 넘게 남았다. 바닥에 떨어진 물건들을 정리할 힘이 없었다. 다시 침대에 누웠다. 눈을 감고 잠을 청했다. 달리 할 게 없었다.

잠이 오지 않았다. 온갖 나쁜 상상이 나를 괴롭혔다. 몸을 뒤척일 때마다 마디마디가 쑤셨다. 목이 따끔거렸다. 따뜻한 차를 마시고 싶었다. 힘들었지만 침대에서 일어나 부엌으로 갔다. 물을 끓여서 따뜻한 차를 마시니 살짝 나아졌다. 나는 거실에 앉아 TV를 켰다. TV는 여느 때와 다름없었다. 진동과 소리에 관한 뉴스는 나오지 않았다. 아무 일도 없는 걸까? 괜히 내가 예민한 걸까? 뉴스가 없는 걸 보면 그래도 큰 일은 아닌 듯했다. 조금 안심이 되었다.

다시 몸이 으슬으슬 떨렸다. TV를 끄고 화장실에 들른 뒤 다시 방으로 들어갔다. 침대에 누워서 이불을 머리끝까지 뒤집어썼다. 몸이 급격하게 피곤해졌다. 버티기 힘들었다. 눈을 감았다. 조금 전보다는 나쁜 상상이 밀고 들어오지는 않았다. 신께 간절히 기도했다. 부디 아무 일 없기를, 내 걱정이 그저 몸이 안 좋아서 잠깐 스쳐간 착각이기를, 빌고 또 빌었다. 기도를 하니 마음이 조금 놓였다. 몸이 부대꼈지만 뒤척일 힘조차 없어서 반듯하게 누운 채로 잠이 들었다.

슬피 우는 소리에 잠에서 깼다. 방에는 아무도 없었다. 방 안 풍경은 내가 자기 전 어지러운 모습 그대로였다. 울음소리는 방 밖에서 들렸다. 시계를 봤다. 엄마가 올 시간이 지났다. 엄마가 우는 걸까? 몸을 일으켰다. 몸 곳곳이 쑤셨다. 머리가 뜨거웠다. 엄마를 불렀다. 목소리가 나오지 않았다. 나는 억지로 침대에서 일어났다. 방문까지 가는데 사막을 뚫고 걷는 듯 괴로웠다. 방문을 열었다. 다시 엄마를 불렀다. 목소리가 가늘게 나왔다. 울음소리가 그쳤다. 부엌과 거실에서 움직이는 소리가 들렸다. 나는 문틀에 기대어 선 채 엄마가 오기를 기다렸다. 엄마가 나타났다. 얼굴이 좋지 않았다. 눈이 퉁퉁 부어 있었다. 눈에 슬픔이 가득했다. 엄마 손에 들린 쟁반에는 따뜻한 콩 수프와 차, 그리고 약이 있었다. 엄마는 슬픔을 누르며 애써 평온한 척했다. 무슨 일이냐고 묻고 싶었지만 목소리가 나오지 않았다.

"왜 일어나 있어?"

엄마는 나를 침대로 이끌었다.

　　　　　　　　　　　　　　　　　　　수상한 소년들 난민과 통하다

"수프 식기 전에 어서 먹어."

엄마는 나와 눈을 마주치지 않았다. 말을 할 때면 늘 내 눈을 가만히 들여다보면서 이야기하던 엄마였는데, 계속 내 눈을 피했다.

궁금했고, 걱정스러웠지만 일단 먹어야 했다. 먹고 기운을 차려야 했다. 수프를 먹었다. 말 한마디 하지 않고 꿋꿋하게 먹었다. 옆에 앉은 엄마는 나를 가만히 지켜보았다. 다 먹으니 몸에 기운이 돌았다.

"차도 마셔야지."

나는 엄마가 권하는 대로 차를 마셨다.

"약도 먹어."

평소 엄마라면 약은 수프를 먹고 조금 시간이 지난 뒤에 먹으라고 꼬박꼬박 잔소리를 했을 텐데 그 순간에는 약 복용 규칙을 스스로 어겼다. 그럼에도 나는 묵묵히 약을 먹고 다시 차를 마셨다.

"몸은 괜찮니?"

안 괜찮았지만, 나는 고개를 끄덕였다.

"푹 쉬어."

엄마가 쟁반을 들고 나가려고 했다.

나는 목을 만졌다. 수프와 차 덕분에 목이 조금 괜찮아졌다. 막혔던 목소리가 나왔다.

"엄마!"

목이 따끔거렸지만 발음은 정확했다.

엄마가 나를 봤다. 눈에는 여전히 슬픔이 가득했다.

"무슨 일이야?"

"쉬어."

"인터넷도 안 되고, 전화도 안 돼."

"넌 지금 쉬어야 할 때야."

"그 소리는 뭐야? 그 강력한 진동은 또 뭐고?"

엄마가 내 눈을 피했다.

"엄마!"

소리가 찢어져서 나왔다.

그때 스마트폰에서 알림이 잇달아 울렸다. 다시 인터넷이 되는 모양이었다. 나는 재빨리 스마트폰을 집어 들었다.

스마트폰 액정 화면에 뜬 문자와 사진은 끔찍했다. 손이 부들부들 떨렸다.

"엄마…… 이게 대체 …… 어떻게 된 거야? 이게 무슨…….."

엄마 눈에서 눈물이 흘렀다.

"알리!"

엄마가 아프게 나를 불렀다.

"무슨 일이야? 대체!"

태어나서 처음으로 엄마에게 큰 소리를 질렀다. 날카로운 가시 더미가 목구멍을 휘저었다.

"학교에……, 폭탄이 떨어졌어."

손이 덜덜 떨렸다.

"수아드랑 하산이……."

냉기가 등골을 타고 번졌다.

그다음 말은 듣고 싶지 않았다.

"수아드랑 하산이…… 알라 품에 안겼어. 알리, 기도하렴. 수아드와 하산을 위해."

엄마 눈에서 슬픔이 흘러내렸다. 꽃이 흘리는 피눈물이었다.

"네 친구 후세인도, 함자도, 살라도 죽었어. 파티야는 아직 시신조차 찾지 못했고."

냉기가 온몸을 타고 무섭게 휘몰아쳤다.

"아빠는 무사해. 아빠가 수아드랑 하산을 수습했어. 다른 애들도."

턱이 덜덜 떨렸다.

"이런!"

엄마는 쟁반을 내려놓고 황급히 다가와서 내 이마를 만졌다.

"이마가 불덩이야!"

엄마는 다급히 뛰어나가더니 해열제를 가져왔다.

엄마는 덜덜 떨리는 내 입술 사이로 해열제를 떠먹였다. 가시나무 사이를 비집고 뜨거운 불길이 목구멍으로 밀려들어 왔다.

나는 해열제를 먹자마자 다시 스마트폰을 뒤졌다. 생방송 뉴스 채널을 찾아서 열었다. 익숙하지만 익숙하지 않은 화면이었다. 어제까지 친구들과 축구를 하던 바로 그 운동장에 수많은 시체와 사람들이 가득했다. 우리 반 교실이 있던 곳은 형태조차 알아보기 힘들었다.

방송국 기자가 시체 사이로 들어가더니 한 사람에게 마이크를 댔다. 그 사람이 몸을 틀어 카메라를 향해 얼굴을 돌렸다. 아빠였다. 아빠는 잔뜩 화가 나 있었다. 이제껏 그렇게 화가 난 아빠 얼굴을 본 적이 없었다. 아빠 말을 들어야 하는데, 아빠가 뭐라고 하는지 들어야 하는데, 머리가 어지러웠다. 스마트폰이 손에서 툭 떨어졌다. 방이 울렁거렸다. 뿌연 연기가 번지며 아무것도 보이지 않고, 아무 소리도 들리지 않았다.

수상한 소녀들 난민과 통하다

멀리하고 싶은 그 녀석

: 이태경 :

저녁을 먹으면서 그 녀석이 어떤 처지인지 대충 파악했다. 나이는 나보다 두 살 아래고, 조부모와 같이 산다. 그 녀석 조부모 나이는 우리 할아버지 할머니보다 약간 아래여서 그 분들은 할아버지 할머니를 형님, 언니로 부른다. 부모는 이혼했는데 엄마는 어디 사는지 모르고 소식도 전혀 없다. 아빠는 건설 노동자인데 전국을 떠돌아다니면서 일하고, 일 년에 서너 번만 들르는데, 집에 와도 잠깐 머물다가 가버린다.

그 녀석은 열 살에 시골로 왔는데 학교에 다녀오면 자기 방에 박혀서 나오지 않았다. 스마트폰이나 컴퓨터도 없이 무엇을 하는지 아무도 몰랐지만 늘 방문을 잠근 채 두문불출했다. 내가 그동안 시골에 종종 오고 가끔은 며칠씩 머물렀음에도 그 녀석 얼굴조차 보지 못한 까닭은 그 때문이었다. 방에 처박혀 아예 나오지 않던 녀석은 중학생이 되면서 주변을 기웃거렸고, 우리 할아버지와 할머니가 편하게 대해주니 마치 자기 집처럼 드나들게 되었다.

사정을 알고 나서 불쌍한 마음이 생기긴 했지만, 첫인상이 워낙 나쁘게 각인된 탓에 가까이 하기는 싫었다. 그 녀석은 그 뒤로도 우리 집을 마치 자기 집처럼 드나들었다. 무심코 방문을 열고 나갔다가 거실에서 에어컨을 빵빵하게 튼 채 텔레비전을 보거나, 식탁에 앉아 이것저것 먹는 모습을 마주하고는 기겁을 한 적이 한두 번이 아니었다. 시원한 에어컨 바람 아래서 헐렁한 옷을 입은 채 거실 소파도 아니고 바닥에 널브러져서 자는 모습을 발견하기도 했다. 나는 엄마 잔소리 때문에 웬만하면 선풍기만 틀고 버티는데, 춥게 느껴질 만큼 에어컨을 세게 틀고 자빠져 자는 그 녀석 꼴을 볼 때면 발로 세게 차버리고 싶은 충동이 일기도 했다.

할아버지 할머니가 그 녀석을 살짝 말리기라도 하면 그 핑계로 나도 뭐라고 하겠는데, 두 분이 아무렇지 않게 내버려두니 나로서는 어찌해 볼 도리가 없었다. 그저 내 방문만 꼭 잠가 놓고 절대 못 들어오게 막는 수밖에 없었다. 방문을 잠그고 나갈 때도 혹시나 훔쳐갈까 봐서 지갑과 스마트폰은 꼭 챙겼고, 나머지 물건들은 위치를 정확하게 기억하려고 나가기 바로 전에 사진도 찍었다.

그러던 어느 날, 갑자기 그 녀석 집에서 우리를 초대했다. 나는 가기 싫었지만 점심을 먹으려면 따라가는 수밖에 없었다. 그 녀석이 사는 집은 우리 할머니 집에서 구불구불한 길로 한참 걸어 올라가야만 했다. 마을과 동떨어진 언덕배기에 자리했는데, 차가 대문으로 들어가지 못하는 구조였다. 대문을 5미터쯤 앞두고 한 사람이 겨우 지나갈 만한 오르막길을 지나서야 마당으로 들어갈 수 있었다. 마당에는 온갖 물건이 널렸고, 낡은 창고에는 짐이 한가득이었다. 내가 초등학생이 되던 해에 할아버지 할머니는 낡은 집을 허물고 그 자리에 새집을 지었는데, 그 녀석 가족들이 사는 집은 옛날에 봤던 낡은 집이랑 겉모습이 비슷했다.

현관이 없어서 창문을 열고 집으로 들어갔는데 천장 높이가 낮아 답답했고, 벽지는 그 녀석 옷처럼 꾀죄죄했다. 그 녀석이 머무는 방은 활짝 열렸는데, 방 한쪽에는 낡은 책꽂이에 오래된 책들과 온갖 잡동사니가 넘쳐났다. 장롱 겉면은 온갖 낙서로 지저분했고, 장판은 곳곳이 누렇게 떴다. 천장에 걸린 전등은 한쪽 형광등이 나갔고, 불이 들어오는 형광등 위에는 죽은 벌레가 있었다. 꽤나 큰 벌레였는데 바짝 마른 꼴이 꽤 오래 된 듯했다. 천장과 벽이 만나는 곳에는 물이 흘러내린 자국이 곳곳에 있었고, 귀퉁이 부분은 까맣게 변색이 됐는데 곰팡이가 핀 듯했다. 벽에는 못이 마구잡이로 박혔는데 그 위에는 옷이 뒤죽박죽 걸려 있었다. 못에 걸린 옷들은 나라면 절대 입고 싶지 않은 것들뿐이었다. 결코 들어가고 싶지 않은 방이었다.

거실에 앉아서 점심을 먹었는데 딱 보기에도 정성을 들여 차린 티가 났고, 맛도 나름 괜찮았다. 어느 때 같으면 집 환경과 상관없이 맛있게 먹었을 상차림이었다. 그렇지만 그 녀석이랑 같이 먹으려니 식욕이 돌지 않았다. 일단 그 녀석이랑 나란히 앉아서 밥을 먹는 상황이 싫었다. 상이 좁아 바짝 붙어 앉았기에 그 녀석이 움직일 때마다 옷과 살이 닿았는데, 감촉이 느껴질 때마다 짜증이 났다. 무엇보다 음식을 허겁지겁 입에 쑤셔 넣는 꼴이 몹시 거슬렸다. 그 녀석은 며칠은 굶은 거지 같았다. 그러다 보니 상 주변이 금방 지저분해졌다. 안 보고 싶었지만 자꾸 지저분한 밥상에 눈이 가서 식욕은 더욱 떨어졌다. 그나마 조용히 하면 봐줄 만한데 쉴 없이 떠드니 귀가 먹먹할 지경이었다. 어디서도 먹지 못하는 별미라는 둥, 다른 사람들은 이런 음식을 구경도 못했을 거라는 둥 자랑을 하는데, 아무리 봐도 내게 과시하려는 의도로 보였다. 어제 점심에 우리 할머니가 대충 차려 준 반찬이 이것 못지않다고 말해주려다 유치한 싸움이 벌어질 듯해 꾹 참았다. 식욕은 떨어졌지만 나는 꾸역꾸역 다 먹었다. 맛있게 먹는 척 연기도 했다. 어른들 눈이 있으니 어쩔 수 없었다.

밥을 먹고 그 집에서 바로 나올 줄 알았는데 어른들은 하염없이 이야기를 나누었고, 나는 들어가기 싫은 그 방에 반 강제로 들어가야만 했다. 그 녀석은 이런저런 잡동사니를 마치 대단한 물건인 듯 자랑했다. 낡은 장난감, 오래된 책, 태엽을 감아야만 돌아가는 시계 등을 보물이라고 믿는 바보였다. 나는 대꾸도 안 하고 가만히 서서 빨리 지긋지긋한 시간이 지나가기만 바랐다. 그 녀석은 넓지도 않은 방을 샅샅이 돌아다니며 시끄럽게 자랑질을 해댔는데, 과도한 움직임으로 인해 형광등 위에 죽은 벌레가 바닥으로 떨어지지나 않을까 걱정스러웠다.

"아이고, 형님 저기 시커멓게 구름이 몰려오네요."

"오늘 비가 온다더니……."

"비설거지하러 가야 쓰겠네."

비가 내린다는 말이 그때처럼 반가운 적은 없었다. 나는 재빨리 그 방을 빠져나왔다. 감사히 잘 먹었다는 인사를 과하게 드린 후 창문을 열고 나왔다. 어른들 모르게 깊이 숨을 들이마셨다. 습기를 잔뜩 머금은 공기가 폐를 채우자 꾀죄죄했던 기분이 조금은 풀렸다.

"태경이 너는 더 놀다 와도 돼."

"아뇨! 먹구름이 몰려오는데 저도 도와드려야죠."

나는 방탈출 게임을 하듯 그 집에서 도망쳤다.

1923년, 간토 *3*

화염보다 무서운 광기

: 이경석 :

저 멀리 익숙한 옷차림을 한 이들이 보였다. 주변이 어두워서 얼굴을 명확히 구별하기는 어려웠지만 함께 일하는 동료들이 분명했다. 반가운 마음에 동료들을 향해 다가갔는데 주변 공기가 험악했다. 동료들이 있는 곳으로 다가갈수록 험상궂은 말들이 늘어났다. 이상하게도 사람들이 모두 나와 같은 방향으로 이동했다. 그 많은 사람들이 동료들이 있는 곳으로 가야 할 이유가 없었음에도 다들 그 쪽으로 몰려갔다. 사람들이 너무 많이 몰리는 바람에 다가가고 싶어도 갈 수가 없었다.

"조센징이다!"

"저놈들이 불을 질렀어."

"쳐 죽일 놈들!"

욕설이 난무했다.

나는 아니라고 외치고 싶었다. 어떻게 조선인들이 화재를 일으킨단 말인가? 다들 목격하지 않았는가? 불은 조선인들과 아무 상관 없이 일어났다. 점심을 준비하려고 집집마다 지펴 놓은 불이 무너진 집에 옮겨 붙었고, 때마침 불어닥친 강풍으로 인해 무섭게 번진 것을 다들 보았다. 그럼에도 조선인이 불을 질렀다고 하다니, 말도 안 되는 모함이었다. 그러나 그런 항변을 할 수도 없었고, 한다고 해도 들어줄 일본인은 없어 보였다.

"조선인들이 우물에 독을 탔어."

"독을 탄 물로 밥을 했다가 여럿이 죽었대."

"우리를 다 죽이려고 작정을 했군!"

역시 어처구니없는 모함이었다.

지진이 나고 불길을 피해 달아나느라 정신이 없었는데 언제 우물에 독을 푼단 말인가? 우물에 독을 풀면 조선인도 같이 죽는데 누가 스스로 죽을 짓을 한단 말인가? 근거 없는 이야기였다. 다른 때 같으면 결코 먹히지 않을 주장이었다.

"가족을 지켜야 해!"

"죽여!"

"죽여 버려!"

"조선 놈들은 모조리 죽여!"

사람들 손에 무서운 무기가 들려 있었다. 긴 자루에 쇠갈고리가 달린 도비구치, 날이 시퍼렇게 선 일본도, 뾰족하게 깎은 죽창 등 갖가지 무기로 무장한 일본인들이 내 동료들을 위협했다.

"아니야. 이들은 그냥 공사장 인부들이야. 착한 사람들이야. 그러지 마."

함께 일하는 일본인 노동자인 카즈마 씨였다. 카즈마 씨는 온 힘을 다해 무기를 들고 위협하는 일본인들을 말렸으나 역부족이었다.

"몸을 뒤져 봐."

"칼이나 폭탄이 있을 거야."

무장한 일본인들이 동료들 몸을 거칠게 뒤졌다. 발길질을 하고 주먹으로 때리며 몸을 뒤졌다. 나는 조마조마하게 지켜봤다. 현장 인부들은 몸에 연장을 차고 다니는 경우가 많았다. 만에 하나 일할 때 쓰는 연장이라도 나온다면 일본인들 말이 사실로 굳어질 테고, 그러면 모든 의심은 진실이 되고 말 터였다. 다행스럽게도 연장을 차고 있는 동료는 없었다. 물론 칼이나 폭탄도 없었다.

"독약이 있을지도 몰라."

"옷 안쪽도 뒤져 봐."

죽창을 든 몇몇이 바닥에 나뒹구는 동료들 옷을 거칠게 풀어헤치며 몸을 수색했다. 그러면서 조금이라도 저항을 하면 죽창으로 몸 곳곳을 찔러댔다. 급소라도 찔리면 치명상을 입을 만한 공격이었다.

"없어!"

"그럴 리 없어."

"들킬까 봐 버렸을 거야!"

"음흉한 놈들!"

아무런 증거가 나오지 않았음에도 일본인 군중들은 의심을 거두지 않았다. 욕설은 더 거세졌고, 날카로운 일본도와 도바구치는 시퍼런 증오를 뿜으며 내 동료들 생명을 위협했다.

"이러면 안 돼! 무고한 사람들이야!"

그 와중에도 카즈마 씨는 온 힘을 다해 성난 군중을 막아섰다. 죽창에 긁히고 발길질과 주먹질을 당하면서도 물러서지 않았다.

"당신들 이러면 살인자야! 경찰을 불러, 경찰을 불러!"

카즈마 씨 입에서 경찰이란 말이 나오자 성난 군중이 주춤거렸다.

"좋아! 경찰서로 끌고 가자."

"경찰서로 가다가 도망칠지도 몰라."

"그럼 묶어라!"

군중들은 굴비를 엮듯 동료들을 밧줄로 묶었다. 여느 때 같으면 경찰서로 가는 것이 무서운 일이었겠지만, 이런 상황에서는 가장 안전한 곳이 경찰서였다.

"내가 경찰서로 끌고 가겠다."

카즈마 씨가 맨 앞에 묶인 황 씨 팔뚝을 잡으며 고함을 쳤다.

"한 명이라도 도망치면 너도 죽는다!"

도바구치를 든 일본인이 무섭게 카즈마 씨를 몰아세웠다.

"그리 걱정되면 따라 와!"

카즈마 씨는 기세에서 전혀 밀리지 않았다. 평소에 착하고 순하기만 하던 카즈마 씨 안에 어떻게 저런 강인함이 숨어 있었는지 놀랍기만 했다.

카즈마 씨는 황씨 팔뚝을 붙잡고 동료들을 데리고 경찰서 쪽으로 움직였다. 각종 무기를 든 성난 군중들은 카즈마 씨와 동료들을 에워싼 채 뒤따라갔다. 나는 자연스럽게 군중에 섞여 같이 움직였다. 묶여서 끌려가는 동료들은 지나가는 일본인들에게 수없이 맞았다. 돌이 날아들었고, 죽창으로 찔러대는 자들도 있었다. 그나마 치명상을 입힐 만한 공격은 없어서 걸어가는 데는 문제가 없었다.

그때 엄청난 함성이 들렸다. 소리가 나는 쪽을 보다가 나는 기겁을 했다. 이글거리는 모닥불 위로 날이 선 일본도가 하늘로 치솟아 오르더니 무릎을 꿇고 앉은 사람 목을 내리쳤다. 일본도가 번뜩일 때마다 군중들이 함성을 질렀다. 그때마다 한 명씩 쓰러졌다. 무릎이 꿇린 채 죽음을 기다리는 이들은 멀리서 봐도 조선인이었다. 불길 너머로 수북하게 쌓인 시체가 보였다. 몸이 사시나무처럼 떨렸다. 얼마나 많은 조선인들을 죽였으면 시체가 저렇게 쌓여 있단 말인가? 나도 저렇게 되는 게 아닐까? 공포를 이겨 내려고 이를 악물었다. 이 상황에서 두려움을 드러내면 안 된다. 그러면 일본인들이 나를 이상하게 여기고 조선인이 아니냐고 추궁할지도 모른다. 내가 조선인이라는 사실이 들통 나는 순간 내 목숨은 내 목숨이 아니게 된다.

그때 무릎을 꿇고 있던 조선인 한 사람이 일본도를 든 자가 방심한

수상한 소년들 난민과 통하다

틈을 타 강물로 뛰어들었다. 그 사람은 사력을 다해 강을 헤엄쳐 건넜다. 욕설과 함성이 강을 뒤덮었다. 도심을 집어삼킨 붉은 화염보다 무서운 광기가 한 사람 목숨을 향해 쏟아졌다. 그 사람은 물에 빠져 죽을 듯하면서도 무사히 강을 건넜다. 간신히 도망을 쳤지만 그곳은 도피처가 아니었다. 반대편에도 성난 군중들이 엄청 많았고 그 사람은 곧바로 붙잡혔다.

긴 자루에 쇠갈고리가 달린 도비구치가 높이 들렸다. 도비구치는 무시무시한 속도로 붙잡힌 조선인 목을 향해 내리꽂혔다. 공포가 나를 짓눌렀다. 무서움이 극에 달하니 몸이 떨리지도 않았다. 도비구치에 맞은 조선인은 기둥을 빼 버린 허수아비처럼 맥없이 쓰러졌다.

"캬! 잘 죽이네!"

"끝내줬어!"

내 옆에 있던 군중들이 보인 반응에 구역질이 올라왔다. 더러운 오물 속에 뒹구는 기분이었다. 10년 동안 삭힌 똥거름을 모조리 끼얹어 버리고 싶었다. 그러나 참아야만 했다. 내가 조선인임이 드러나면 죽기에 참아야만 했다. 나는 묵묵히 동료들 뒤를 따랐다. 살인 광경을 목격한 군중은 더 매섭게 내 동료들을 향해 폭력을 휘둘렀다. 안 그래도 이글이글 타오르던 광기가 폭발 직전까지 부풀어올랐다. 동료들을 위해 아무것도 못해주는 내가 원망스러웠다. 아는 척도 못하는 내가 비겁해서 미칠 듯했다.

'경찰서에만 가면 안전할 테니, 그때까지만 참자! 그때까지만!'

어느 날. 어느 나라 *3*

이유를 알 수 없는 비극

: 알리 :

잠이 깨긴 했는데 정신이 맑지 않았다. 온몸에서 오한이 나고, 다리와 팔 근육이 쿡쿡 쑤셔서 조금이라도 움직이려고 하면 통증이 몰려왔다. 현실 같지 않았다. 폭탄이 학교에 떨어져서 동생들과 친구들이 모두 죽었다는 뉴스가 사실 같지 않았다. 어쩌면 꿈일지도 모르겠다. 아파서 잠든 뒤 여전히 꿈을 꾸고 있는지도 모르겠다. 그래 맞아! 꿈이었어. 내가 꿈을 꾸었던 걸 거야. 나는 몸이 아파서 잠들었잖아. 심하게 아프다 보면 황당한 꿈을 꾸기도 하잖아. 확실해! 이제까지는 모두 꿈이었어! 악몽이라고 하기에도 너무 현실성이 없잖아. 그치? 꿈이지?

"알리는 괜찮아?"

아빠였다.

그래, 아빠가 들어올 때까지 내가 잠들었던 거야. 아빠 목소리는 괜찮잖아. 아무 일도 없었어. 이제 곧 수아드가 '오빠!' 하면서 들어올 거야. 하산은 장난칠 거 없나 살피며 내 방을 기웃거릴 거고. 후세인이랑 살라는 내가 없어서 축구 경기에서 졌다고 투덜대며 연락을 하겠지? 파티야는 빨리 병을 털고 일어나라고 다정한 문자를 보내 줄 거야.

모든 게 꿈이었어. 꿈이어야 해.

"아직도 열이 펄펄 끓어, 여전히 안 좋아."

"알리도 알지?"

아빠가 물었지만 엄마는 아무런 말을 하지 않았다. 엄마가 고개를 끄덕인 걸까? 내가 안다니, 뭘 안다는 걸까? 설마, 그 모든 악몽이 현실에서 일어났단 말일까?

방문이 열리고 아빠가 들어왔다. 아빠에게 반갑게 인사를 하려고 하는데 목이 꽉 막혀서 말이 나오지 않았다.

"괜찮아. 억지로 말하려고 하지 마. 일단 빨리 나아야지."

아빠 눈에 슬픔이 가득했다. 꿈이길 바랐는데, 꿈이 아닌 모양이었다. 그 모든 비극이 현실이라니……. 가슴이 꽉 막혔다.

아빠가 내 이마를 짚더니, 볼을 쓰다듬었다.

"알리! 이럴 때일수록 기도를 열심히 하고, 힘을 내야 해. 신은 언제나 우리와 함께 계셔."

아빠가 두 손으로 내 왼손을 꼭 쥐더니 내 손에 입을 맞췄다.

그때였다.

쾅! 쾅! 쾅!

누가 밖에서 현관문을 세게 두드렸다. 부엌에 있던 엄마가 누구냐고 물었지만 답변 대신 거친 욕설이 들렸다. 조금 뒤 문이 부서지는 듯한 굉음이 나더니 엄마가 비명을 질렀다. 아빠는 화들짝 놀라며 내 방문을 열고 나가려다가 뒤로 나뒹굴었다. 군복을 입은 사내들 셋이 군화를 신은 채 총을 들고 내 방으로 들어왔다. 가장 앞에 들어온 군인이 욕설을 내뱉으며 아빠를 걷어찼다. 아빠는 고통스러워하며 바닥을 뒹굴었다. 나는 몸을 일으켜 우리 아빠를 때리지 말라고 소리치고 싶었지만, 입에서는 여전히 아무 소리도 나오지 않았다. 공포에 짓눌린 몸은 아무리 움직이려고 해도 꿈쩍도 안 했다. 악마가 내 목을 쥐고, 꽉 눌러 버리는 듯했다.

아빠가 쓰러져서 꼼짝을 못 하자 뒤에 있던 군인들은 아빠 팔을 잡고 끌어냈다. 아빠는 축 늘어진 채 질질 끌려 나갔다. 엄마가 왜 그러냐고 울부짖는 소리가 들렸고, 마지막으로 아빠 이름을 애타게 부르는 소리를 끝으로 갑작스럽게 정적이 찾아왔다.

아빠가 끌려갔다. 왜 군인들이 아빠를 끌고 갔을까? 아빠가 무슨 죄라도 저질렀을까? 죄를 지었다면 경찰이 와야 하는데 왜 군인들이 왔을까? 설마 오늘 일어난 폭발 사건과 아빠가 관련이라도 있는 걸까? 엄마는 왜 이렇게 조용하지? 엄마! 엄마!

몸을 일으키고 싶은데 여전히 뜻대로 되지 않았다. 온 신경이 마비라도 된 듯 감각마저 사라져 갔다. 이대로 나도 동생들과 친구들 곁으로 가는 걸까? 또다시 정신이 혼미해졌다. 시간도 공간도 느껴지지 않았다. 아무것도 의지할 데 없는 허공에 붕 떠서 몸이 이리저리 흔들리다가 쑤욱 가라앉기를 거듭했다.

엄마 손이 목 뒤로 들어왔다. 몸이 들리고 입술에 수저가 닿았다. 나도 모르게 입을 벌렸다. 쓰디쓴 맛이 혀를 통해 전해졌다. 목이 지독하게 아팠지만 그래도 꾹 참고 삼켰다. 목이 불에 덴 듯 아팠다. 눈을 떴다. 엄마는 여느 때와 다름 없는 얼굴이었다. 동생들이 죽고 아빠가 잡혀갔는데도 마치 아무런 일도 없었던 듯 아주 평온한 표정이었다. 뭐야? 그럼 아빠가 왔다가 잡혀간 일조차 꿈이었던 걸까? 그러면 정말 좋겠는데…….

"알리, 이럴 때일수록 더 성실하게 기도하고, 힘차게 병과 싸워서 이겨내야 해. 무너지면 안 돼. 알았지?"

엄마 말로 모든 게 분명해졌다. 슬프게도 내 간절한 소망은 꿈이 되어 버렸다. 그 끔찍한 비극이 몽땅 다 현실이었다.

내게 약을 먹이고 난 뒤에 엄마는 내 방에 계속 머물렀다. 내 몸을 주물러 주고, 열을 식혀주려고 쉴 새 없이 이마를 찬 수건으로 닦았다. 열이 오르면 시간을 재서 약을 먹였고, 화장실도 엄마가 부축해서 데려다 주었다. 엄마는 직장에도 나가지 않고 나를 돌봤다. 여느 때 같았으면 병원에 입원을 시켰을 텐데 그러지도 않았다. 목이 아프지만 않다면 이것저것 물었을 텐데 말도 하기 힘들고, 손에 힘이 없어 글을 써서 물어 보기도 어려웠다.

나는 화장실 갈 때를 빼고는 계속 내 방 침대에만 머물렀다. 깨어났다 잠들었다를 거듭하다보니 시간 감각이 사라져 버렸다. 시간이 얼마나 흘렀는지 모르겠고, 낮인지 밤인지도 헷갈렸다. 약을 계속 먹고 엄마가 나를 돌봤지만 몸은 나아지지 않았다. 끔찍한 비극이 던진 충격에 내 정신이 무너지고, 몸에는 병을 이겨낼 힘이 사라져 버린 듯했다. 엄마가 정성스럽게 돌보지 않았다면 어쩌면 나도 동생들과 친구들처럼 알라 곁으로 갔을지도 모른다.

엄마는 밖에서 벌어진 일은 아무것도 알려주지 않았다. 스마트폰도 못 보게 했다. 아마도 내가 바깥소식을 알면 더 큰 충격을 받아서 더 심하게 아플지도 모른다고 걱정했기 때문인 듯했다. 차라리 모든 걸 알면 더 낫겠다고 생각했지만 나도 내 생각이 맞는지 확신하지 못했다.

나는 느리지만 조금씩 몸을 회복해 나갔다. 팔에 힘이 들어갔고, 침대에서 윗몸을 일으킬 수 있었다. 엄마가 잠깐 내 방을 나간 사이에 나는 얼른 스마트폰을 찾았다. 스마트폰은 책상 위에 있었다. 나는 사력을 다해 몸을 움직였다. 침대를 벗어난 뒤 온 힘을 쥐어짜서 책상까지 이동했다. 스마트폰을 들고 다시 힘겹게 침대로 돌아왔다. 침대에 앉자마자 전원을 켜고, 인터넷 앱을 눌렀다. 안 열렸다. 또다시 아무것도 열리지 않았다. 이것저것 다 눌러봤지만 끝까지 연결이 되지 않았다.

방문이 열리고 엄마가 들어왔다. 엄마는 따뜻한 콩 수프를 책상에 올려놓더니 내 스마트폰을 옆으로 치워버렸다.

"왜…… 안 ……돼?"

목에서 느껴지는 고통을 참으며 겨우 물었다.

"알리!"

엄마가 다정하게 불렀다.

"지금은 참아야 해. 지금은 꼭 참아야 해. 너는 빨리 건강을 회복해. 네가 해야 할 일은 오직 그거 하나야."

나는 자세한 말을 듣고 싶었지만 엄마는 더는 아무 말도 해주지 않았다.

"엄……마…… 무슨… 일…인지…알고…싶어."

말 몇 마디를 하려고 온 힘을 끌어 모아야 했다.

엄마는 안쓰러운 표정을 짓더니 책상 위에서 공책을 꺼내 연필을 들었다. 엄마가 연필로 글을 쓰는 소리가 사각사각 들렸다. 엄마가 종이에 쓴 글씨를 보여 주었다.

'우리는 감시당하고 있어.'

내가 말을 하려고 했더니 엄마가 내 입을 손가락으로 막았다.

'말하려고 하지 마. 그들이 모두 들어.'

엄마가 말하는 그들이란 아빠를 잡아 간 군인일까?

나는 손으로 글씨를 써서 엄마에게 묻고 싶었지만 팔에 힘이 없었다.

'알리, 엄마 믿지?'

나는 느릿하게 고개를 끄덕였다.

‘그럼 엄마를 믿고 기다려. 우리는 이 어려움을 이겨낼 거야.’

엄마가 내 이마에 입을 맞추었다.

‘인샬라! 알라께서 우리를 올바른 길로 인도하실 거야.’

엄마는 나를 꼭 껴안더니 다시 침대에 눕게 했다.

나는 그때부터 열심히 기도했다. 옛날에는 귀찮아서 기도하는 척만 했지만 정말 열심히, 정성껏 기도했다. 동생들을 위해, 친구들을 위해, 그리고 아빠를 위해 기도했다.

엄마가 나를 정성껏 돌보고 나도 열심히 기도하며 어떻게든 낫기 위해 노력했지만 차도가 거의 없었다. 그러다 갑자기 엄마가 약을 주지 않았다. 강인하던 엄마 얼굴에 다시 근심이 피어났다. 약이 없으니 몸이 더욱 안 좋아졌다. 열이 심하게 날 때만 해열제를 먹었다. 다행히 동생들이 아플 때 사놓았던 해열제가 냉장고에 남아 있어서 그걸로 버텼다. 그 해열제마저 떨어지면 나는 약도 없이 버텨야 하는 처지에 내몰릴 것이다. 감시하는 군인들이 엄마가 병원이나 약국에도 못 가게 하는 걸까?

이대로 나는 내 방 침대에 누워서 죽음을 기다려야 하는 걸까?

눈을 떴다. 방안이 칠흑처럼 어두웠다. 늘 방에 있던 엄마가 안 보였다. 간신히 몸을 일으켰다. 침대에서 내려오려는데 방문이 열리며, 불이 들어왔다.

“아⋯⋯빠!”

아빠 얼굴은 온통 멍 자국이었다.

"알리!"

아빠는 내 이름을 부르고는 다가와서 나를 꼭 껴안았다. 아빠에게서 진한 사랑이 전해왔다. 나도 아빠를 껴안았다. 나와 아빠는 한참 동안 껴안은 채 떨어지지 않았다.

"알리, 괜찮니?"

아빠가 내 얼굴을 쓰다듬었다.

"응!"

나는 애써 괜찮은 척했다. 몸은 여전히 안 좋았지만 아빠에게 걱정을 끼치고 싶지 않았다.

"아빠…… 얼굴이?"

아빠가 내 입술에 손가락을 댔다.

말을 하지 말라는 신호였다.

"괜찮을 거야. 다 괜찮아질 거야."

아빠 얼굴은 괜찮지 않았다. 얼굴이 저 정도면 몸에는 얼마나 많은 상처가 있을지 안 봐도 뻔했다. 아빠를 잡아간 군인들은 아빠에게 무슨 짓을 한 걸까? 왜 아빠를 때리고 괴롭힌 걸까? 속 시원히 알면 좋겠는데, 아무것도 알지 못하니 답답하기만 했다.

"그러니까 너는 그 못된 병을 축구공이라고 생각하고 뻥 차 버려. 알았지?"

궁금증은 뒤로 밀쳐냈다. 엄마 아빠는 내 몸을 걱정하느라 알려주지 않는 것이다. 내가 건강만 해지면 어찌 된 일인지 모두 알려줄 것이다. 내 답답함을 풀기 위해서라도 나는 빨리 나아야 한다. 나는 각오를 다지고 힘차게 고개를 끄덕였다. 아빠를 보니 기운이 났다. 푹 자고 일어나면 깨끗이 병이 사라지리라는 근거 없는 자신감도 생겼다. 아빠는 아픈 뒤로 통 씻지 못한 내가 깨끗하게 씻게 도와주었고, 옷도 갈아입혀 주었다. 마치 아기가 되어 아빠에게 돌봄을 받는 기분이 들었다. 그 끔찍한 비극 속에서도 오랜만에 찾아온 작은 기쁨이었다.

구멍 뚫린 하늘

: 이태경 :

집에 와서는 비설거지를 하는 할아버지 할머니를 도왔다. 비 맞으면 안 되는 것들은 창고에 넣고, 바람에 흩날릴 만한 것들도 깔끔하게 정리했다. 할아버지는 연신 나를 칭찬하며 큰 힘이 된다고 기뻐했다. 비설거지를 다 끝냈지만 하늘은 까만 비구름을 쌓아둔 채 잔뜩 겁만 줄 뿐 실비도 뿌리지 않았다. 저녁이 되자 먼 데서 가끔 천둥 번개가 칠 뿐 여전히 비는 내리지 않았다. 덥고 습도도 높으니 후덥지근해서 에어컨을 켜야만 했다. 시원한 거실에서 할머니가 챙겨 주는 간식을 먹으며 텔레비전을 보다가 늦은 밤이 되어서 방으로 들어갔다. 방에 누워서 게임도 하고 웹툰도 보고 친구들과 문자도 주고받고 레고 조립도 조금 하다가 꽤나 늦은 시간이 되어서야 잠이 들었다.

맛있는 요리가 넘쳐나서 뭘 먹을지 고르려고 고민하는 행복한 꿈을 꿀 때였다.

우르릉 쾅~ 쿠쿠쿠 쾅~!

귀청을 찢어 버릴 듯한 우레 소리에 놀라 잠이 깼다. 창문으로 빛이 번쩍였다. 곧바로 맹렬한 우레 소리가 고막으로 무섭게 파고들었다. 창이 흔들렸다. 번개 빛이 보이고 소리가 들릴 때까지 걸리는 시간이 지나치게 가까웠다. 번개가 매우 가까운 곳에서 친다는 증거였다. 번개가 쉼 없이 쳤고, 그럴 때마다 창문은 우레 소리에 심하게 흔들렸다. 잠시 뒤 창문 밖에서 엄청나게 굵은 빗소리가 들렸다. 양동이에 물을 가득 채워 땅에 쏟아부을 때 나는 소리와 거의 똑같았다.

눈꺼풀은 무거웠지만 천둥과 빗소리가 무서워 잠들 수가 없었다. 난생 처음 겪는 엄청난 비요 번개였다. 마음을 진정하려고 해도 좀처럼 가라앉지 않았다. 가슴이 두근두근 뛰었다. 멀리서 뭔가 무너지는 소리가 들렸다. 박살나고 찢어지는 소리도 들렸다. 불안감이 엄습했다.

위이이잉~~~~!

사이렌이었다. 긴급을 알리는 사이렌이 귀가 멍멍하도록 울렸다. 나는 벌떡 일어나 불을 켜고 방문을 열었다. 할머니와 할아버지도 밖으로 나왔다.

"잠깐 있어."

할아버지는 밖으로 나가려고 했다.

"할아버지, 이렇게 비가 많이 오는데 안 나가시는 게……."

나는 걱정이 되어 말렸다.

"이럴 때 상황을 빨리 파악해야 돼. 걱정 말고 있어."

할아버지는 옷을 갖춰 입고는 밖으로 나갔다.

나와 할머니는 불안해하며 할아버지가 다시 집으로 들어오기를 기다렸다.

우르르릉 쾅!

뿌지지직 쿵!

위이이이~~~잉!

우레 소리, 무너지는 소리, 사이렌 소리가 뒤엉키며 검은 밤이 공포로 짓눌렸다. 한 번도 겪어 본 적이 없는 공포였기에 어찌할 바를 모른 채 불안에 떨기만 했다.

쾅! 쾅! 쾅!

가까운 곳에서 뭔가 부딪치는 소리가 잇달아 났다. 그리고 문이 벌컥 열렸다.

"빨리 피해야 돼!"

비에 흠뻑 젖은 할아버지가 현관문을 거칠게 열면서 들어왔다.

"빨리, 빨리, 피해야 돼. 지금 당장!"

할아버지는 신발을 신은 채 방으로 뛰어들었다. 지저분한 발자국이 거실 한복판을 가로질렀다. 할아버지는 고조할아버지 글이 담긴 공책과 휴대전화를 황급히 챙겼다. 할머니는 옷을 차려입지도 않고 밖으로 뛰어나갔다.

"태경아, 빨리!"

나는 머뭇거리다가 할아버지가 독촉한 뒤에야 방으로 뛰어 들어가 스마트폰만 챙겨들고 나왔다. 할아버지는 현관에서 공책과 휴대전화를 비닐로 꼼꼼하게 감쌌다. 내 스마트폰은 방수였기에 나는 바로 주머니에 넣었다.

"빨리, 빨리, 빨리!"

할아버지는 연신 '빨리 빨리'를 외쳤고, 나는 급하게 신발을 신고 밖으로 뛰어나왔다. 얼마나 비가 많이 오는지 길가 가로등 불빛마자 희미하게 보일 지경이었다. 마당으로 나오니 할머니가 창고에서 비닐 포대를 들고 나오는 모습이 보였다. 할아버지는 재빨리 가서 할머니가 들고 나오는 비닐 포대를 받아들었다. 할머니는 다시 창고로 들어가더니 작은 비닐봉지를 꼼꼼하게 챙겼다.

"대충 챙겨! 급해!"

수상한 소년들 난민과 통하다

할아버지가 다그쳤지만 할머니는 비닐봉지를 꼼꼼하게 확인한 뒤에야 마당으로 나왔다. 나는 두 분을 따라 마당을 가로질러 가로등이 있는 길가로 갔다. 가로등을 향해 가다가 시끄러운 소리에 뒤를 돌아봤다. 그쪽은 평상이 놓인 곳으로 내가 가장 좋아하는 장소였다. 눈을 부릅뜨고 소음이 나는 곳을 살폈지만 칠흑 같은 어둠으로 인해 아무것도 보이지 않았다.

바로 그때, 평상이 놓인 곳 바로 위에서 강렬한 번갯불이 번뜩였다.

빠지지직 쾅!

그렇게 가까운 데서 치는 번개는 처음이었다. 엄청난 굉음이었다. 귀가 멍멍해졌다. 잠깐 동안 빗소리조차 들리지 않았다. 소리를 집어삼킨 번갯불은 짧은 순간 숲과 개울 풍경을 적나라하게 드러냈다. 그곳은 지옥이었다. 엄청난 흙탕물과 돌들이 개천과 주변으로 휩쓸고 내려왔다. 거대한 나무 수십 그루가 뿌리째 뽑혀 요동을 치며 흙탕물과 함께 떠내려 왔다. 개천은 물살에 휩쓸려 이미 그 형태가 사라졌고, 내가 좋아하던 평상뿐 아니라 나무도 온데간데없었다. 개울을 집어삼킨 흙탕물은 집 마당으로 밀려들고 있었다.

번개 빛이 사라지고도 그 잔상이 남아서 공포를 불러일으켰다. 무서워서 발이 움직이지 않았다. 이러다 죽을 수도 있겠다는 공포심이 나를 짓눌렀다. 발바닥이 바닥에 붙어버린 듯 꿈쩍도 안 했다. 할아버지가 고함을 쳤다. 할아버지는 내 손을 끌어당겼다. 다시 번개가 어둠을 찢었다. 할머니도 나에게 뭐라고 하는데 무슨 말인지 하나도 안 들렸다. 두 분은 내 팔을 하나씩 잡고 강하게 끌었고, 나는 힘겹게 발을 떼어냈다. 한 걸음을 떼어내니 발이 다시 내 의지대로 움직였다. 흙탕물이 발목까지 차오른 길을 희미한 가로등 불빛에 의지해 뚫고 갔다. 신발로 흙탕물이 들어오고 몸은 이미 흠뻑 젖은 상태였다. 어디로 가는지도 모른 채 할아버지 할머니를 따라갔다.

가로등 두 개를 지난 뒤에 도착한 곳은 그 녀석 집 앞이었다. 비좁은 오르막길을 지나 마당으로 들어섰다. 그 집도 불이 다 켜져 환했는데, 거실 안에는 그 녀석 조부모가 초조하게 서서 밖을 보고 있었다. 할아버지는 머뭇거리지 않고 거실 창문을 두드렸다. 문이 바로 열렸다.

"아니, 형님! 형수님!"

"언니, 괜찮아요?"

할아버지와 할머니는 신발을 벗고 비닐 포대를 들고 그대로 거실로 들어갔다. 내가 들어가자 거실 창문이 닫혔다. 몸에서는 빗물이 뚝뚝 떨어졌다. 할머니는 들어가자마자 들고 온 비닐 포대와 비닐봉지를 열더니 상태를 살폈다.

"다행히 씨앗이 젖지는 않았네."

파르스름하던 할머니 얼굴에 밝은 빛이 돌았다. 할머니는 씨앗이 든 비닐 포대와 봉지를 잘 갈무리하더니 그 녀석 할머니에게 내밀었다.

"이거 상하면 안 되니 잘 보관해 줘."

1923년, 간토 *4*

불량한 조선 사람

: 이경석 :

경찰서 앞은 이미 엄청나게 많은 군중으로 들끓었다.

"조센징을 죽여라!"

"우리한테 넘겨라!"

군중은 일본도와 도비구치를 하늘로 치켜세우며 고함을 질러댔다.

그 험악한 군중들 사이를 내 동료들은 힘겹게 헤치며 지나갔다. 한 발 한 발 내디딜 때마다 주먹과 발이 날아들고, 일본도가 머리 위로 지나갔고, 도비구치가 곧 내리찍을 듯했다. 카즈마 씨가 온 힘을 다해 길을 열며 나아갔고, 그 덕분에 겨우 경찰서 정문에 이르렀다. 이제 몇 걸음만 더 가면 안전한 곳이었다.

휘~~~익

퍽!

갑자기 날카로운 도비구치 하나가 맨 뒤에 걷던 정 씨 머리를 내리쳤다. 피가 사방으로 튀었다. 정 씨는 머리에 도비구치가 꽂힌 채 그대로 쓰러졌다.

"모조리 죽여라!"

"다 죽여!"

"조센징을 쓸어버리자!"

피를 본 군중은 더욱 무섭게 고함을 질러댔다. 단 몇 걸음만 가면 경찰서였다. 그러나 그 문을 지나는 길은 천 리 길보다 험난했다. 단 몇 걸음에 목숨이 걸려 있었다. 동료들은 온 힘을 다해 군중을 뚫고 나아갔다. 도비구치가 머리에 꽂힌 정 씨는 밧줄에 묶인 채 질질 끌려갔다. 연기 냄새에 피 냄새가 뒤섞여 역한 비린내가 났다.

"비켜! 비키란 말이야!"

카즈마 씨는 악을 쓰며 경찰서 정문으로 나아갔다.

허공을 가르던 도비구치가 카즈마 씨를 노리고 날아갔지만 아슬아슬하게 빗나갔다. 호루라기 소리가 들리며 총을 든 경찰이 몰려오더니 군중을 밀어내고는 카즈마 씨를 안으로 잡아당겼다. 동료들은 한 명씩 경찰서 정문을 통과했다. 죽음에서 벗어나 삶으로 넘어가는 문이었다. 마지막으로 바닥에 질질 끌려온 정 씨 시체가 경찰서 정문을 지나려는 순간, 경찰이 일본도로 밧줄을 끊었다. 정 씨는 죽어서도 경찰서 정문을 넘지 못했다. 동료들이 다 들어가자 경찰이 정문을 닫으려고 했다.

나는 재빨리 앞으로 나아갔다. 나도 경찰서 안으로 들어가야 했다. 그대로 있다가 내가 조선인이라는 사실이 들통이라도 난다면 나도 정 씨 꼴이 될 게 뻔했다. 나는 티 나지 않게 정문으로 나아갔다. 일부러 일본인들과 똑같은 고함을 지르며 앞으로 나아갔다. 일본말을 제대로 익혀 둔 게 천만다행이었다. 문이 닫히기 직전에 정문까지 왔다. 틈새가 보였다. 안으로 들어가면 위험은 끝이었다. 그러다 정문 옆에 걸린 안내문을 보고 그대로 굳어버렸다.

'이번 혼란을 틈타 불령선인(不逞鮮人)들이 곳곳에서 포악한 짓을 일삼는 듯하니 시민은 조선인을 경계하고 조심하시오.'

불령선인이라니 어처구니가 없었다. 불령선인은 3.1만세운동 이후에 일본인 순사들이 늘 입에 달고 다니던 말이었다. 불령선인(不逞鮮人)은 불량한 조선사람이란 뜻이다. 독립을 위해 만세운동을 한 조선인을 싸잡아서 불량하다고 지칭하는 말이었다. 독립운동을 하는 조선인이 왜 못됐다는 것인가? 식민지 지배를 거부하고 독립을 외친 행위가 어떻게 못된 짓이란 말인가? 더구나 이곳은 일본 본토고 우리는 살기 위해 넘어왔을 뿐이다. 나는 일본 지주가 자행하는 가혹한 수탈을 피해 조선보다는 낫다는 소문만 믿고 일본 본토로 건너왔다. 내 동료들도 다르지 않았다. 그런 우리를 불량하다고 지칭한 것에 화가 났다. 그러나 무엇보다도 근거 없는 헛소문을 경찰이 진짜처럼 선언해 버린 짓에 더 화가 났다. 우리는 아무 짓도 안 했다. 그저 살아남으려고 일본인과 마찬가지로 발버둥을 치고 있을 뿐이다. 우리가 언제 포악한 짓을 했다고, 저런 안내문을 경찰서 정문에 떡하니 붙여 놓는단 말인가?

불길했다. 경찰서 안이 과연 안전한지 확신이 서지 않았다. 일단 조선인이라고 밝히고 들어가면 되돌릴 수 없는 상황을 맞을 듯했다. 어떤 선택을 해야 할지 갈피를 잡지 못했다. 안내문을 본 군중은 더욱 미친 듯이 고함을 지르고, 흉기를 휘둘렀다.

'그래, 그래도 이 미친 자들 사이에 있는 것보다는 낫겠지.'

결심을 굳혔다. 살짝 열린 문으로 들어가려고 앞으로 나아갔다.

"들어가자!"

"밀어붙여!"

"경찰이 못하면 우리가 하자."

"와!"

엄청나게 큰 함성이 군중 사이에서 일어났다. 광기에 사로잡힌 군중이 경찰서 정문으로 밀려들었다. 내 몸도 군중에 섞인 채 딸려 들어갔다. 곧이어 정문이 뚫렸고, 군중을 힘겹게 막던 경찰들이 뒤로 물러났다.

"폭도를 죽여라!"

당신들이 바로 폭도인데 도대체 누가 폭도란 말인가?

"조센징을 죽여라!"

왜 조선인을 죽이려고 하는가? 조선인이 무슨 잘못을 저질렀다고 죽이려 한단 말인가? 죄라면 당신들한테 짓밟히면서도 묵묵히 열심히 일한 죄밖에 없는 조선인을 왜 죽이려고 하는가?

나는 떠밀려서 경찰서 안마당으로 들어갔다. 군중은 흉기를 휘두르며 경찰서 안으로 치고 들어갔다. 경찰들은 아무도 그들을 제지하지 않았다. 머리가 멍해졌다. 온갖 욕설과 고함과 비명이 경찰서를 뒤덮었다. 지옥이 있다면 바로 이곳이었다.

곧이어 피비린내가 나면서 피범벅이 된 시체가 마당으로 던져졌다. 그 피가 내게도 튀었다. 아침까지만 해도 나와 같이 고향 이야기를 하며 즐거워하던 동료들이었다. 다른 사람에게 해를 끼치는 짓은 해 본 적도 없는 순박한 동료들이었다. 죄라면 그저 조선에서 태어났다는 죄밖에 없는 이들이 온몸에 칼을 맞고, 도비구치에 찔려 시체가 되어 경찰서 마당에 나뒹굴었다.

나는 조금씩, 조금씩 몸을 뒤로 뺐다. 비겁했지만 어쩔 수 없었다. 더는 일본인인 척할 자신이 없었다. 죽은 동료들 얼굴을 볼 자신이 없었다. 그때 또 한 사람이 시체가 되어 던져졌는데 내 다리에 와서 부딪쳤다. 죽은 사람 얼굴이 내 다리 밑으로 보였다. 익숙한 얼굴이었다. 조금 전까지 내 동료들을 구하려고 온 힘을 다하던 카즈마 씨였다. 미친 자들이 같은 일본인마저 죽인 것이다. 이들은 폭도였다. 갑작스럽게 닥친 지진과 화염으로 인한 공포를 견디지 못하고 그 분노를 마구잡이로 쏟아 내는 폭도였다.

카즈마 씨를 두고 도저히 발길이 떨어지지 않았다. 그 순하디 순한 사람이 내 동료를 살리기 위해 몸부림치다 죽임을 당했다니, 믿어지지 않았다. 카즈마 씨 시신 옆으로 경찰 제복 바지가 나타났다. 신발에는 핏물이 묻어 있었다. 경찰은 몸을 굽혀서 카즈마 씨를 찬찬히 살피더니 몸을 일으켰다. 얼굴을 봤다. 아무런 감정이 보이지 않았다.

경찰은 방관자였다. 아니 공범이었다. 막으려고만 했다면 경찰은 정문이 뚫리지 않게 막을 힘이 있었다. 설혹 정문이 뚫렸더라도 경찰들이 총을 몇 발만 쐈다면 군중이 경찰서를 덮치는 만용은 부리지 못했을 것이다. 일본 경찰은 무시무시하다. 그들이 얼마나 잔인한지 조선에서 살 때 숱하게 겪었다. 일본에서도 일반 시민들은 경찰을 무서워했다. 그런 경찰이 방관을 했다는 말은 죽이라고 허락한 것과 같았다. 더구나 떡하니 경찰서 정문 안내판에 '불령선인이 포악한 짓을 하니 조심하라'고 써놓았다는 것은 군중들에게 조선인을 공격하라고 선동한 것이나 마찬가지였다.

경찰은 믿을 만한 존재가 아니었다. 아니 가장 위험한 자들이 바로 경찰이었다. 조선에서 당했던 일을 잊고 잠시나마 경찰서가 안전할 거라는 착각에 빠졌던 내가 바보 같았다. 나는 조심조심 군중들 사이에서 빠져나왔다. 군중 사이에서 빠져나왔음에도 몸에서는 피비린내가 났다. 혹시나 상처를 입었나 싶어 몸을 살폈지만 다친 곳은 없었다. 다만 왼쪽 바지에 피가 흥건했다. 카즈마 씨 몸에서 흐른 피였다. 당장 바지를 벗어던지고 싶었다. 나 자신이 씻을 수 없는 죄를 저지른 흔적 같았다. 그런데 이 흥건한 핏자국은 얼마 뒤 나를 죽을 위기에서 구해주었다. 그 피가 아니었으면 내 피가 내 옷을 적시고 말았을 것이다.

어느 날, 어느 나라 *4*

침략자들

: 알리 :

눈을 뜨니 기분이 괜찮았다. 침을 삼켰는데 그리 고통스럽지도 않았다. 팔과 다리를 움직여 봤다. 정상은 아니었지만 가뿐하게 움직였다. 나는 느리게 침대에서 일어나 두 발을 딛고 섰다. 모처럼 엄마에게 의지하지 않고 걸었다. 방문을 열었다. 화장실에 다녀온 뒤에 부엌을 보니 엄마가 요리를 하고 있었다.

"엄마!"

약간 목이 따끔거렸지만 목소리는 또렷하게 나왔다.

"알리! 괜찮니?"

엄마가 요리를 하던 손을 멈추고 반갑게 나를 맞이했다.

"응, 이제 거의 다 나았어."

나는 되도록 활기차게 말했다.

"그런데 아빠는?"

아빠란 말이 나오자 엄마 얼굴이 딱딱하게 굳어졌다. 뭔가 불길했다.

"아빠!"

나는 아빠를 크게 불렀다.

"알리! 쉿!"

엄마는 검지로 입을 가렸다. 말을 하지 말라는 신호였는데, 불길한 예감에 사로잡힌 나는 더 크게 아빠를 부르며 아빠를 찾았다.

"아빠 어딨어? 아빠 또 끌려 간 거야?"

엄마가 나에게 빠르게 다가오더니 입을 막았다.

그때였다.

쾅! 쾅! 쾅!

또다시 거칠게 현관문을 두드리는 소리가 들렸다. 아빠가 끌려가던 날 울렸던 그 소리였다. 엄마는 나를 뒤로 밀었다.

쿵! 쿵! 쿵!

문을 두드리는 소리가 더 거칠게 들렸다.

엄마는 나에게 방으로 들어가라고 다그쳤다. 나는 우물쭈물하며 어찌할 바를 몰랐다.

"빨리, 열어!"

"안 열면 쏜다!"

엄마는 깊이 심호흡을 했다. 그러고는 빠르게 현관으로 가서 문을 열었다.

"이프다르 닥!"

"빨리 안 열고 뭐해!"

또다시 군인들이었다.

군인들은 현관문 앞에 선 엄마를 그대로 발로 차버렸다. 엄마 몸은 뒤로 쭉 밀려나며 종이처럼 날아갔다.

"엄마!"

나는 엄마에게 뛰어갔다.

"우리 엄마, 때리지 마요!"

군인들이 다시 엄마를 때리려고 했다. 나는 엄마 앞을 가로막았다.

"압둘라, 어디 갔어?"

군인들이 무섭게 나와 엄마를 노려봤다. 핏발 선 눈이 무서웠다.

"몰라요."

그제야 군인들이 쳐들어온 이유를 알았다. 아빠 때문이었다. 밤에 아빠가 돌아와서 계속 감시했는데 아빠가 군인들 모르게 사라져 버리니 화가 나서 쳐들어온 것이었다. 내가 아빠를 찾지만 않았더라면 군인들이 쳐들어오지 않았을 텐데, 내가 바보였다. 엄마가 말하지 말라고 할 때 입을 다물어야 했는데, 멍청하게 아빠를 찾은 내가 어리석었다. 다 내 탓이었다.

"굿-쑥닥!"

군인은 욕을 하면서 군화발로 나를 걷어차려 했다. 나는 물러서지 않았다. 엄마를 두고 피하는 비겁자가 되기는 싫었다.

"알리는 건들지 마!"

엄마가 나를 껴안더니 몸으로 발길질을 받아냈다.

"이프다르 닥!"

군인은 엄마 머리카락을 움켜쥐더니 옆으로 내팽개쳤다. 나는 군인에게 대들었다. 군인이 억센 손으로 나를 움켜쥐더니 집어던졌다. 내 몸이 붕 떠서 바닥으로 떨어졌다. 떨어진 몸은 뒤로 쭉 밀렸고 머리가 벽에 세게 부딪쳤다. 눈앞이 까매지더니 아무것도 보이지 않았다. 군인들이 내지르는 욕설과 엄마가 내지르는 비명이 아득히 멀리서 들렸다. 내 실수 때문에 엄마가 군인들에게 폭행을 당하다니, 알리 너는 죽어도 싸!

악몽을 꾸었다.

여동생 수아드와 막내 하산이 피를 흘리며 나타났다.

"오빠, 구해줘."

"형, 살려 줘."

뭐라고 말을 하려는데 목소리가 나오지 않았다. 다가가는데 둘은 점점 멀어지기만 했다. 속이 타들어갔다.

갑자기 운동장에서 친구들과 축구를 했다. 나는 멋지게 공을 몰고 가다가 후세인에게 연결했다. 후세인은 내가 연결한 공을 받아 슛을 했는데 갑자기 공이 폭탄처럼 터졌다. 후세인이 피투성이가 되어 쓰러졌다. 폭탄 속에서 공이 마구잡이로 튀어나오더니 함자도 죽이고, 살라도 죽여 버렸다. 나는 어떻게든 공을 막아보려 했지만 폭탄이 된 공은 축구장을 피바다로 만든 뒤에야 사라졌다. 내 몸에는 피가 흥건했다.

그때 파티야가 하얀 웃음을 지으며 나타났다. 나는 피투성이가 된 몸으로 파티야를 부르며 다가갔다. 파티야는 환한 웃음으로 손을 내밀었다. 고운 손은 살아 있을 때 그대로였다. 손을 잡으려고 하는데, 손이 빨갛게 변하더니 점점 희미해졌다. 파티야는 사라지는 자기 몸을 보며 울부짖었다.

"알리, 내 몸을 찾아 줘. 내 몸이 없어졌어. 내 몸은 어디 있는 거야? 알리! 제발 내 몸을 찾아달란 말이야!"

"아아악!"

공포에 질려, 괴성을 지르며 깨어났다.

침대였다. 엄마가 내 손을 잡았다. 엄마 얼굴에 피멍이 보였다.

"엄마 괜찮아?"

엄마는 슬픈 눈으로 내 손을 꼭 잡았다.

엄마 손은 여전히 따뜻했다.

현재, 대한민국 *5*

잃어버린 평화

: 이태경 :

　나는 그 녀석 방에서 꺼내 온 옷으로 갈아입었다. 어제 낮에 봤을 때 절대 입고 싶지 않다고 꺼린 낡은 옷이었다. 젖은 옷 때문에 몇 시간 괴롭더라도 집에 돌아갈 확실한 보장만 된다면 젖은 채 지내고 싶을 만큼 입기 싫었다. 그 녀석 할머니가 옷을 가지러 들어가면서 방문이 잠깐 열렸을 때 그 녀석이 자는 모습이 보였다. 그 녀석은 바닥에 널브러져서 꿈쩍도 안했다. 밖에서는 무시무시한 일이 벌어지는데 아무렇지 않게 깊은 잠을 자다니 이해하기 힘든 놈이었다.

　옷을 갈아입은 뒤에는 거실에 앉아 쏟아지는 비만 초조하게 바라보았다. 우레 소리가 들릴 때마다 움찔움찔 놀랐다. 이 집마저 그 엄청난 흙탕물과 돌과 나뭇더미에 휩쓸리면 어쩌나 싶어 몹시 불안했다. 나는 두려움에 어찌할 바를 모르는데 그 녀석 방문은 꼭 닫힌 채 열리지 않았다. 할머니와 할아버지도 나와 같이 거실에 머물며 근심스럽게 밖을 살폈다. 그렇게 불안과 공포에 떨며 아침이 올 때까지 기나긴 시간을 견뎌야 했다.

밖이 밝아지면서 무섭게 쏟아지던 비가 조금씩 잦아들더니 거짓말처럼 뚝 그쳤다. 구름이 걷히지는 않았지만 비는 더 이상 내리지 않았다. 그때까지도 그 녀석 방문은 열리지 않았다. 남자 어른 두 분이 밖을 살펴보겠다며 나섰다. 할아버지는 내게 집에 머무르라고 했지만 그 녀석 집에 있고 싶지 않던 나는 고집을 부리며 따라 나섰다.

"고집이 꼭 지 애비를 닮았어."

할아버지는 마지못해 허락하면서 장화와 우비 바지를 내밀었다. 나는 생전 신어 본 적 없는 긴 장화를 신고, 우비 바지를 입은 뒤에 두 분을 따라갔다. 돌과 부러진 나무들과 뒤엉킨 흙더미가 쌓인 길은 엉망진창이었다. 길옆에 띄엄띄엄 늘어선 집에도 흙더미가 밀고 들어가 마당뿐 아니라 집안까지 엉망으로 만들어 버렸다. 냇가에서 조금 떨어진 집들마저 이 지경이면 냇가 바로 옆에 붙어 있는 할아버지 집은 어떨지 심히 걱정스러웠다.

"맙소사!"

상황은 내 걱정보다 훨씬 심각했다. 마당뿐 아니라 창고 안까지 흙더미가 가득했다. 뿌리째 뽑힌 나무들 수십 그루가 가시덤불처럼 엉켜서 나뒹굴고, 내가 지내던 방 유리창을 부러진 나무가 뚫고 들어가 있었다. 그 나무는 내 팔로 한아름은 되어 보이는 두께였다. 더 심각한 문제는 깨진 유리창 높이까지 흙더미가 가득하다는 점이었다. 밖에서 보이지는 않았지만 상태를 보자 하니 집 안까지 흙더미가 쏟아져 들어간 듯했다. 내 방에는 가방, 문제집, 옷, 지갑, 그리고 그동안 고생해서 만든 레고까지 다 있었는데 모조리 엉망이 됐을 게 분명했다. 특히 거의 다 완성해 가던 레고가 완전히 망가졌을 걸 떠올리니 칼로 후벼 판 듯이 속이 쓰렸다.

주변을 살펴보니 그 녀석 집을 제외하고 마을에 있는 거의 모든 집이 크고 작은 피해를 입었는데 할아버지 집이 입은 피해가 가장 컸다. 할아버지 집은 그야말로 암담한 상태였다. 그런데 정작 할아버지는 침착함을 잃지 않고 집과 주변 피해 상황을 꼼꼼하게 살폈다.

"환장하겠네, 증말!"

그 녀석 할아버지는 연신 가슴을 쳤다.

"형님! 이거 어쩌면 좋소."

그 녀석 할아버지는 안타까움과 답답함에 어찌할 바를 몰랐다.

"저기, 저 산비탈에서 산사태가 일어난 게 분명해."

할아버지가 계곡 뒤편 산을 가리켰다.

"형님! 저거, 이장이 몰래 합의 봐줬다는 데 아닌교?"

"그치. 저기 나무 다 베면 위험하다고 내가 그렇게 말렸는데……. 기어코 사고가 났어."

"그 양반, 혼꾸녕을 내줘야 쓰것쏘."

"당연히 책임을 물어야지."

할아버지는 하늘을 살피더니 인상을 찌푸렸다.

"그나저나 비가 또 올 듯하니 큰일이네."

할아버지 말이 끝나자마자 비가 한 방울, 두 방울 떨어졌다.

"땅이 흐물흐물한 상태라 지금은 작은 비에도 위험한 일이 생길지 모르니 빨리 들어가세."

우리는 다시 그 녀석 집으로 돌아왔다. 그때까지도 그 녀석 방문은 굳게 닫힌 채 열리지 않았다.

할머니 두 분은 부엌에서 요리를 했고, 할아버지 두 분은 마당에서 상황을 살폈다. 나는 거실에서 초조하게 기다리다 아빠에게 전화를 걸었다. 아빠는 긴급한 일이 생기면 언제든 전화를 걸어도 된다고 했기에 시차는 고려하지 않았다. 신호가 다 끝나도록 아빠는 전화를 받지 않았다. 엄마에게도 전화를 걸었지만 받지 않았다. 메시지를 보내고 한참을 기다렸지만 확인했다는 신호조차 뜨지 않았다.

늦은 아침, 밥상이 차려지고 할아버지 두 분이 들어왔다. 그때서야 그 녀석은 하품을 늘어지게 하며 자기 방에서 나왔다. 화장실에 들르지도 않고 바로 상에 앉더니 허겁지겁 밥을 먹었다. 나는 그 녀석과 살을 맞대고 앉은 채 먹기는 싫었지만 무척 허기가 졌기 때문에 참고 먹었다. 그 녀석은 늘 그렇듯 옆에 앉은 사람 식욕을 떨어뜨리려고 작정이라도 한 듯이 지저분하게 먹었지만 허기진 속은 꺼림칙함마저도 무디게 만들었다.

밥을 다 먹자 그 녀석은 화장실에 들르더니 자기 방으로 들어가 방문을 닫아버렸다.

"여보! 태경이는 집으로 보내야겠지?"

할아버지는 나를 걱정했다.

"그래야겠지요. 근데 길이 멀쩡할지 모르겠네요."

"형님, 뉴스 좀 봐봐요."

텔레비전을 켰다. 뉴스에서는 긴급 속보로 수해 상황을 전했다. 도로와 제방이 무너지고, 집과 자동차가 부서진 광경은 처참하고 무서웠다.

"아니, 저기는 읍내 가는 길 아닌가?"

"형님, 맞네요. 아이구야, 저 길이 어떻게 저렇게 망가져 버렸다냐."

"저기가 끊겼으면 밖으로 나가는 길이 완전히 끊겼다는 말인데……."

뉴스는 수해 피해로 인해 수십 개 마을이 고립되었으며 오늘 밤에 또다시 큰 비가 온다는 소식을 전했다. 또한 수재민 수천 명이 발생했고, 죽거나 실종된 사람들도 꽤나 된다고 했다.

"형님, 당장은 태경이 가기 힘들겠소. 형님! 저거 복구될 때까지 태경이 우리 집에 있게 하소."

1923년, 간토 *5*

15엔 50전

: 이경석 :

9월 2일, 일요일 오후. 군대를 보았다.

그때까지 아무것도 먹지 못했다. 몸에 힘이 없었다. 뭐라도 먹고 싶었지만 음식을 구하려고 말을 걸었다가 혹시라도 조선인인 게 들통이 날까 봐 그냥 참았다. 일본어를 잘한다고 자부하지만 혹시 의심을 살까 봐 절대 입을 열지 않았다.

조선에서 군대를 보았다면 몹시 두려웠겠지만, 성난 군중에게 동포들이 학살당하는 이런 혼란한 상황에서 군대를 보니 안심이 되었다. 경찰도 믿을 수 없는 상황에서 군대는 혼란을 수습하고 우리를 보호해 주리라 믿었다. 그러나 군대를 대하는 일본인들 반응을 접하고 믿음은 불안으로 바뀌었다.

"거 봐! 군대도 나왔잖아. 폭도가 없으면 군대가 왜 왔겠어."

"그러게. 조선인들이 폭동을 일으켰다는 말을 믿지 않았는데……."

조선인들이 나쁜 짓을 한다는 말을 믿지 않았던 사람조차 군대를 보고는 그 사실을 믿어 버렸다. 어떤 이들은 군대가 전투를 치르고 있다는 소문까지 퍼트렸다.

"군대가 폭도들과 격전을 치르고 있대."

"이겨야 할 텐데 걱정이군. 혹시라도 패하면 큰일인데."

"대일본제국 군대가 질 리 없지."

"그래! 지면 안 돼지. 절대!"

어처구니가 없었다. 우리 동포들과 일분 군대가 전투를 벌이다니 말도 안 되는 소문이었다. 조선 안에서 의병들이 무장을 하고 대규모로 싸웠을 때도 상대가 되지 않았다는 이야기를 들었다. 조선인이라면 그걸 모를 리 없다. 더구나 이곳은 일본 본토가 아닌가? 조선인들은 무기를 구할 데도 없고 일본인들에 견주면 숫자도 얼마 안 된다. 이런 상황에서 싸움을 일으킬 멍청한 조선인은 없다. 그런데도 일본인들은 군대를 보고 조선인들이 폭동을 일으켰다는 소문을 곧이곧대로 믿어 버렸다.

아무래도 상황이 더욱 암울해질 듯했다. 조선에서 일본 군대를 보았을 때 들었던 공포가 떠올랐다. 아버지는 일본군이 얼마나 잔인한지 틈날 때마다 이야기했다. 의병 몇 명을 잡겠다고 한 마을을 몰살시키기도 했고, 만세 운동 때는 마을 사람들을 한 곳에 가두고 불을 질러 버렸다고도 했다. 아이와 여자들도 거리낌 없이 죽이는 무서운 놈들이 바로 일본군이었다. 그런 일본군을 보고 잠시 안심을 했다니 내가 어리석었다.

그때까지 나는 일본인인 척하며 일본인들 무리에 속해서 이곳저곳으로 옮겨 다녔다. 일본군을 보고 나니 더는 불안을 견디기 힘들었다. 언제까지 일본인 행세를 하며 무사히 지낼 수 있을지 자신이 없었다. 도비구치가 내 뒤통수를 꿰뚫어 버릴지도 모른다는 두려움이 끝없이 나를 짓눌렀다. 위험을 감내할 힘이 더는 없었다. 말을 안 하고 음식도 안 먹고 버티는 데도 한계가 있었다. 나는 도쿄를 벗어나기로 했다. 지진과 화재로 엉망진창이 된 도쿄보다는 외곽이 나을 듯했다.

도쿄를 빠져나가려면 아라카와 철교를 건너야만 했다. 나는 일본인들 틈새에서 벗어나 아라카와 철교로 갔다. 철교 아래에는 시체가 가득했다. 모두 조선인이었다. 시체 중에는 여자와 어린이도 보였고, 심지어 임산부도 있었다. 어찌 사람이 같은 사람에게 이런 잔인한 짓을 벌인단 말인가? 그 끔찍함에 치가 떨렸지만 겉으로는 아무렇지 않은 척했다. 연민이나 두려움을 드러내면 조선인으로 의심받기 때문이었다.

강 건너편에서 군인들이 조선 사람을 붙잡아 일렬로 앉혀 놓고 일본도로 목을 치는 장면을 보았다. 두 명이 칼을 피해 강으로 뛰어들었지만, 옆에 서 있던 군인들이 집중 사격을 하는 바람에 얼마 가지 못하고 죽었다. 일본군은 칼에 맞아 죽은 사람들을 강에 그대로 던져 버렸다. 일부 시신은 강변에 처참하게 널브러져 있었다. 한 무리 일본 군인들은 그 잔악한 현장 바로 옆에서 아무렇지 않게 밥을 먹으며 즐겁게 떠들어댔다. 살인을 한 자들보다 밥을 먹는 자들이 더 악마 같았다. 구역질이 났지만 태연히 다리를 건넜다.

다리 끝에 거의 다다랐을 때 갑자기 무장을 한 일본인들이 나타나더니 검문을 했다. 뒤로 물러설 수는 없었다. 그것은 내가 조선인이라고 대놓고 고백하는 꼴이었다. 나는 아무렇지 않게 검문하는 일본인들을 마주했다.

나는 주문을 걸 듯이 속으로 '나는 일본인이다!'를 수없이 반복했다.

"조선인인가?"

두 눈이 가늘게 찢어진 자가 내게 물었다. 오른손에 든 도비구치에는 핏자국이 진하게 묻어 있었다. 내 동포들이 흘린 피였다. 내가 조선인이라는 의심이 들기만 하면 내 피도 거기에 묻히려고 벼르는 자를 앞에 두고 나는 빙그레 웃으면서 일본인이라고 말했다. 떨릴 줄 알았는데 막상 입을 여니 전혀 그렇지 않았다.

"15엔 50전을 발음해 봐."

15엔 50전(十五円五十錢)은 일본어로 'じゅうごえんごじっせん'으로 쓰고 '쥬고엔 고짓센'으로 발음한다. 15엔 50전은 매우 까다로운 일본어 발음이다. 일본 본토인이 아니면 발음하기가 쉽지 않다. 아마도 이 자들은 겉으로 보기에 조선인과 일본인은 구분이 안 되니 15엔 50전을 발음해보라고 시켜서 제대로 못하면 조선인으로 판단하고 죽이려는 모양이었다.

다행히 나는 이 발음을 제대로 하려고 꽤나 오랫동안 연습을 했다.

일본어를 꽤나 잘하는 나를 보고 카즈마 씨가 이 발음을 시켜 본 적이 있었다. 나는 한다고 했는데 제대로 발음이 되지 않았다. 카즈마 씨는 깔깔거리며 나를 놀렸고, 나는 자존심이 상해서 연습하면 해낼 자신이 있다고 대들었다. 그러다 내기가 걸렸다. 작은 돈이었지만 내기가 걸리니 오기가 생겼다. 돈 한 푼 한 푼은 내게 생명과 다름없었기에 내기에서 이기려고 치열하게 연습했다. 다른 일본인 노동자들을 붙잡고 수없이 교정을 받아가며 연습을 거듭했다. 그 결과 카즈마 씨조차 인정할 만큼 정확히 발음하게 되었다.

"쥬고엔 고짓센."

나는 아주 능숙하게 발음했다.

도비구치를 든 자가 고개를 끄덕였다.

'카즈마 씨 고맙습니다.'

나는 돌아가신 카즈마 씨에게 마음으로 고마움을 전했다. 마지막 순간까지 내 동료들 목숨을 지키기 위해 온몸을 던졌던 카즈마 씨를 떠올리니 가슴이 미어졌다. 무사히 지나가는 줄 알았는데 바로 뒤에 죽창을 든 자가 또다시 물었다.

"기미가요를 불러 봐라!"

가슴이 철렁했다. 나는 기미가요를 제대로 배운 적이 없기 때문이다.

한번은 카즈마 씨가 일본에서 잘 지내려면 기미가요, 천황 연보 정도는 알아야 한다면서 가르쳐주겠다고 했지만 나는 단호히 거절했다. 배우고자 하면 어렵지 않았지만 조선인으로서 자존심을 지키고 싶었다. 그때 배워 둘걸 하는 후회가 밀려들었다. 나는 기억을 더듬었다. 일본인 노동자들이 기미가요를 부르던 기억을 끄집어내려고 애썼다. 앞부분이 기억이 났다. 더 지체하면 의심받기에 곧바로 불렀다.

"기미가요와~♪"

그 뒤는 불분명했다. 기억은 나는데 그게 맞는지 확신이 없었다. 나는 기침이 나오는 척하며 콜록거렸다. 일부러 심하게 콜록거렸다. 허리까지 숙여가면서 세게 기침을 했다. 그러다 바지에 묻은 피가 보였다. 어젯밤 경찰서에서 묻은 핏자국이었다. 워낙 흥건한 핏자국이었기에 시간이 꽤 지났지만 핏자국인지는 누구나 알아볼 만한 흔적이었다.

'이제 내 몸에서도 저런 피가 흘러서 온 몸을 적시겠구나!'

내 죽음을 상상했지만 무섭지는 않았다. 막상 닥치니 아무렇지 않았다. 죽어 가는 동포들을 수없이 보았기에 무덤덤해졌는지, 아니면 죽음이라는 어둠도 멀리 있을 때만 무서울 뿐인지는 모르겠지만, 떨리지 않고 담담했다.

'그래, 행운을 너무 오래도록 누렸어. 내 행운도 이제 끝날 때가 됐지.'

바지에 묻은 피를 어루만졌다. 고향을 떠나 죽도록 고생하다 죄 없이 죽어간 동포들이 흘린 피였다. 조선인들을 구하기 위해 몸부림치던 순박한 카즈마 씨가 흘린 숭고한 피였다. 언젠가 이 피 값을 네놈들도 치르게 되리라! 인과응보(因果應報)라 했다. 이런 짓을 저지른 너희들을 하늘이 결코 용서치 않으리라! 이제 나는 먼저 죽지만 네놈들도 머지 않아 당할 일이다. 그리 생각하니 나도 모르게 웃음이 나왔다. 마지막 인사를 나누 듯 핏자국을 쓰다듬었다. 죽어간 동료들, 카즈마 씨와 나누었던 체온이 느껴졌다. 나도 이제 자네들 곁으로 가네. 카즈마 씨, 당신 곁으로 갑니다.

"핏자국인가?"

그때 옆에 있던 자가 내 바지에 묻은 핏자국에 관심을 보였다.

"보는 바와 같이."

나는 그대로 몸을 일으켰다. 나는 여유로웠다. 어쩌면 엷은 웃음을 머금었는지도 모르겠다.

"바지를 걷어 올려 봐."

나는 시키는 대로 했다. 다리에 상처는 없었다.

"상처가 없네? 어디서 묻은 피지?"

그 순간 나는 이 질문이 나에게 찾아온 기회임을 알아차렸다.

"어젯밤에 경찰서로 쳐들어가서 조센징 몇 놈을 죽이느라."

나는 능청스럽게 답했다.

"재미있던가?"

살인이 재미있었냐고? 정신 나간 놈들……

나는 히죽히죽 웃었다.

그 놈도 나를 따라 웃었다. 그러고는 내 어깨를 두드렸다. 나는 검문을 하는 자들을 빠져나왔다. 동료들과 카즈마 씨가 흘린 피가 나를 살린 것이다. 나는 뒤돌아보지 않고, 느릿하게 걸었다. 그때 뒤에서 15엔

50전을 발음해보라는 말이 들렸다. 어색한 발음이 들렸다.

"살려 주세요."

조선말이었고, 여자였다.

"칙쇼!"

"저는 나쁜 짓을 하지 않았……."

그 뒷말은 들리지 않았다. 퍽 쓰러지는 소리가 들렸다. 나는 뒤돌아보지 않았다. 아무렇지 않게 바라볼 자신이 없었다.

"천황 폐하 만세!"

도비구치를 든 놈이었다.

"만세! 만세! 만만세!"

죽창을 든 놈이 따라서 만세를 불렀다.

죄 없는 여자를 죽이고 만세를 부르다니, 하늘이여! 저 잔인한 자들에게 잔혹한 형벌을 내려 주소서!

시체는 철교 아래로 던져졌는지 물이 첨벙하는 소리가 들렸다. 뒤이어 물에 뛰어드는 소리가 나더니 총을 난사하는 소리가 들렸다. 살기 위해 물에 뛰어드는 조선인, 아무렇지 않게 총을 쏘는 군인 모습이 떠올랐다. 살아남을 수 있을까? 아마도 죽을 것이다.

나는 얼마나 버틸 수 있을까? 내 행운이 언제까지 이어질까? 행운이 언제까지 이어질지는 모르지만 행운이 다할 때까지 가는 수밖에 없었다. 나는 도교를 벗어나기 위해 쉼 없이 걸었다.

어느 날, 어느 나라 *5*

은밀한 탈출

: 알리 :

집은 엉망이었다. 집안에 가득하던 전자 제품은 냉장고를 빼고는 거의 사라지고 없었다. 다행히 내 스마트폰은 그대로 있었지만 어차피 인터넷도 막히고 통화도 안 돼서 아무 짝에도 쓸데가 없었다.

나는 잠깐 기운이 돌아왔지만 군인들에게서 받은 충격으로 다시 몸이 아팠다. 괜찮아졌다가 다시 아프니 더 힘들었다. 시간이 어떻게 흐르는지도 몰랐다. 차라리 이대로 끝이면 좋겠다는 나쁜 생각마저 들었다. 엄마가 힘들게 구해온 해열제와 응급약으로 버텼다. 엄마는 일하러 가지 않고 계속 나를 돌봤다. 엄마는 일을 그만둔 걸까? 아니면 잠시 나를 위해 쉬는 걸까? 엄마는 말해 주지 않았다. 군인들에게 심하게 폭행을 당했지만 그 일은 절대 입에 올리지도 않았다.

길고 지루하고 답답한 날이 흐르던 어느 날 저녁이었다. 낮에 열이 펄펄 끓고 심하게 아파서 해열제를 먹고 잤는데, 일어나 보니 몸이 멀쩡했다. 마치 기적처럼 몸이 나았다. 목도 전혀 안 아프고, 몸살 기운도 없고, 힘도 예전처럼 돌아왔다. 그 짧은 시간에 무슨 일이 벌어졌는지 모르겠지만 몸이 완벽한 상태로 돌아왔다.

엄마는 내 상태를 확인하고 표정으로는 몹시 기뻐했지만, 표현하지는 않고 손가락으로 입부터 가렸다. 아빠를 소리 내어 찾다가 끔찍한 일을 이미 당했기에 나는 같은 실수를 반복하지 않으려고 조심했다. 군인들이 내가 건강해졌다는 사실을 알아차려서 좋을 게 없었다. 엄마는 조심해서 저녁을 준비했고, 식사도 내 방에서 했다.

저녁 식사를 마치자 엄마는 종이에 글을 썼다.

'짐을 싸!'

나는 글로 물었다.

'왜?'

'멀리 여행을 갈 거야. 무겁지 않게 꼭 필요한 짐만 챙겨.'

'여행?'

'자세한 얘기는 나중에 해줄게. 일단 짐부터 챙겨. 소리 나지 않게 조심해서.'

나는 고개를 끄덕였다.

"아직도 열이 펄펄 끓으니. 어떡하면 좋담."

엄마는 감시하는 군인들이 들으라는 듯 일부러 크게 말했다.

나는 여행용 가방을 꺼내서 짐을 쌌다. 소리를 내지 않으려고 아주 조심스럽게 움직였다. 한국으로 여행을 가면 이렇게 저렇게 짐을 싸야지 하고 수없이 상상했기에 짐을 싸기는 어렵지 않았다.

짐을 싸고 가만히 기다렸다. 엄마가 방문을 열고는 손짓을 했다. 나는 소리가 나지 않게 여행 가방을 들고 엄마를 따라갔다. 현관 앞에는 이미 여행 가방 두 개가 놓여 있었다. 엄마는 조심스럽게 현관문을 열고는 밖을 살폈다. 소리 나지 않게 문을 열고는 가방을 들고 밖으로 나갔다. 큰 가방 두 개였지만 엄마는 조금도 힘들어하지 않았다. 나는 내 가방을 들고 엄마 뒤를 따랐다. 우리는 어두운 계단을 한 층 걸어내려와서 뒷문으로 나갔다. 엄마는 주변을 살피며 빠르게 걸었고, 나는 부지런히 엄마 뒤를 따라갔다. 가방이 꽤나 크고 무거웠음에도 바닥에 한 번도 내려놓지 않았다.

엄마는 비좁은 골목으로 들어가더니 미로처럼 얽힌 길을 머뭇거리지 않고 걸었다. 어떻게 움직여야 하는지 정확히 아는 발걸음이었다. 골목이 끝나는 지점에서 엄마가 우뚝 멈췄다. 그러고는 낮고 가는 휘파람 소리를 내고는 가만히 기다렸다. 긴장으로 입술이 바짝바짝 말랐다.

잠시 뒤 차가 오는 소리가 들렸다. 차가 골목 앞에 섰다. 어두운 밤이었는데도 불을 전혀 켜지 않은 차였다. 엄마는 그 차로 빠르게 다가갔다. 나도 뒤따랐다. 트렁크 문이 열렸다. 엄마는 거기에 가방 두 개를 넣었다. 내 가방을 넣을 공간은 없었다.

엄마가 뒷좌석에 탔고, 나는 가방을 들고 뒷좌석으로 들어갔다. 운전사가 가방을 앞으로 옮기라고 손으로 신호를 해서 가방을 넘겼다. 운전사는 몸을 낮추라고 손짓했다. 나와 엄마는 최대한 낮게 몸을 웅크렸다. 조금 뒤 불을 켠 차가 느릿하게 움직였다. 차 안에서는 운전사도 엄마도 입을 열지 않았다. 나는 숨소리도 차 밖으로 빠져나가지 않게 조심했다. 천천히 움직이던 차는 조금씩 빨라지더니 어느 순간부터 엄청난 속도로 달렸다. 문득 졸음이 쏟아졌다. 이런 상황에서 잠이라니, 스스로가 못났다고 생각하면서도 잠을 쫓아내기가 힘들었다.

차가 몹시 흔들렸다. 아스팔트가 깔리지 않은 도로 같았다. 눈을 떴다. 여전히 주위는 어두웠고, 차 불빛이 비추는 곳은 낯선 시골길이었다. 자동차가 어디로 가는지, 어디쯤 달리는지 어림할 방법이 없었다. 그렇게 차는 한참 달렸고, 점점 날이 환해졌다. 아침 햇살이 제법 따갑게 느껴질 때쯤 차가 멈추었다. 운전사가 내렸다. 엄마도 내렸다. 나는 엄마가 내린 쪽으로 따라 내렸다.

"주흐르!"

가까운 곳에서 반가운 목소리가 들렸다.

"압둘라!"

아빠였다.

"아빠!"

불편한 동거

: 이태경 :

오전 내내 비가 내리는 통에 모두들 집 안에만 머물러야 했다. 할머니와 할아버지는 몹시 지쳤기에 안방에서 오전 내내 주무셨다. 그 녀석은 방문을 꼭 닫고 나오지 않아서 나는 거실에 앉아 텔레비전을 보면서 초조하게 시간을 보냈다. 엄마와 아빠는 여전히 메시지를 확인하지 않았다. 혹시나 해서 전화도 걸어 보고 새롭게 메시지를 보냈지만 반응이 없었다. 점심때가 돼서야 그 녀석이 방문을 열고 나왔고 다 같이 모여서 다시 식사를 했다. 점심을 먹고 나니 비가 오락가락하다가 그쳤다. 하늘은 여전히 흐렸지만 구름 빛깔이 맑게 바뀌어서 더는 폭우를 걱정하지 않아도 될 듯했다.

어른들은 상황을 살펴본다면서 다 같이 밖으로 나갔다. 그 녀석과

단 둘이만 머물기 싫어서 같이 가려고 했지만 할머니가 따라오지 못하게 막았다. 내가 따라가겠다고 고집을 부렸더니 할머니는 크게 성을 내면서 집에 가만있으라고 다그쳤다. 할머니가 그렇게 성을 내는 모습을 본 적이 없기에 하는 수 없이 집에 머물러야 했다.

그 녀석과 말을 섞기도 싫어서 거실에 앉아 텔레비전만 보았다. 그 녀석은 집 이곳저곳을 돌아다니며 산만하게 굴더니 갑자기 내 옆에 앉았다. 떨어져 앉을 자리도 있는데 굳이 내 바로 옆으로 바짝 붙었다. 더는 옆으로 옮겨갈 자리가 없었기에 바닥으로 내려갈까 하다가 구차해지기 싫어서 그냥 참았다. 리모컨을 오른손에 쥔 채 재해 뉴스를 보는데 갑자기 그 녀석이 리모컨을 탁 잡아채 가더니 채널을 돌려 버렸다.

"뉴스 보잖아."

내가 그 녀석을 째려봤다.

"뉴스 봐서 뭐하게."

그 녀석은 채널을 빠르게 바꿨다. 한 채널을 단 몇 초도 가만두지 않고 계속 리모컨을 눌러 댔다.

"상황이 어떻게 돌아가고 있는지 알아야 하잖아."

"나랑 상관없어."

재수가 없었다. 뒤통수라도 갈겨 버리고 싶었다.

"나는 상관있으니까 뉴스 봐야 돼."

부탁이란 낱말을 쓰려다 비굴해지기는 싫어서 그만두었다.

"여긴 우리 집이야."

그 녀석이 차갑게 말했다.

갑자기 속이 울컥했다.

"너는 아주 비싼 스마트폰 있잖아? 정 뉴스 보고 싶으면 그 비싼 스마트폰으로 봐."

그 녀석은 '비싼'이란 낱말을 잇달아 비비 꼬아서 발음했다.

나도 성질 같아서는 그러고 싶었지만 사정이 여의치 않았다. 서둘러 나오느라 충전기를 챙기지 않았기 때문이다. 그 녀석 집에는 스마트폰뿐 아니라 옛날식 휴대전화조차 없었다. 당연히 충전기가 있을 리 만무했다. 충전할 방법이 없는 상황에서 스마트폰을 계속 썼다가 배터리가 떨어지면 큰일이었다. 엄마 아빠와 꼭 연락을 해야 하기에 스마트폰 배터리를 함부로 낭비할 수는 없었다. 나는 울분을 삼킨 채 그 녀석이 빠르게 돌리는 텔레비전 화면을 보아야만 했다. 그러다 나름 재미있는 프로그램이 나타났다. 그 녀석은 바보처럼 낄낄거렸고, 나도 나름 재미있었기에 집중해서 보았다. 즐겁게 텔레비전을 보니 암담한 현실이 잊히며 답답한 속이 조금은 풀렸다. 그러다 무척 재미난 장면이 나왔고 나도 모르게 소리 내어 웃었다. 그 녀석이 나를 힐끔 보더니 갑자기 채널을 돌려 버렸다.

"뭐야? 왜 돌려?"

나뿐 아니라 그 녀석도 즐거워하며 보던 프로그램이었기에 채널을 바꿀 까닭이 없었다.

"내 맘이야!"

그 녀석은 일부러 심통을 부렸다.

"너도 재미있게 봤잖아?"

"여기 우리 집이거든."

똥개도 자기 집에서는 반은 먹고 들어간다더니 그 녀석은 딱 똥개처럼 굴었다.

더는 그 녀석 옆에 앉아 있기 싫었다. 나는 일어섰다. 목이 말라 부엌으로 가 물을 한 잔 마시려다가 그 녀석이 괜히 시비를 걸까 봐 그만두었다. 거실 창문에 서서 바깥 풍경을 보는데 심란했다. 엉망진창이되어버린 마을이 내 처지 같아서 괴로웠다. 나는 할아버지 할머니가쉬었던 안방으로 들어갔다. 안방에도 온갖 잡동사니들이 많아서 여유공간이 그리 많지 않았다. 그것들은 편안함과는 거리가 멀었다. 그래도그 녀석 방보다는 상태가 나았다.

잠깐 안방에 앉아 엄마 아빠에게 다시 메시지를 보내고 전화를 걸었지만 반응은 여전히 없었다. 배터리가 아까웠지만 상황 파악을 위해뉴스를 검색해서 보았다. 텔레비전에서 보았던 것보다 피해가 더 심각했다. 저녁에 비가 또 올지도 모른다는 뉴스에는 절망감마저 들었다.전에도 가끔 이런 재난 뉴스를 접했지만 그때는 나와 상관없는 먼 나라 얘기였다. 내가 재난을 직접 당하고 어려움에 몰리니 내 처지가 서러웠다. 배터리를 아껴야 하기에 절전 모드로 바꾸고 스마트폰을 주머니에 집어넣었다.

잠시 멍하니 있다가 답답해서 거실로 나왔다. 텔레비전 소리가 나기에 그 녀석이 거실에 있는 줄 알았는데 보이지 않았다. 내내 달아 두었던 방문도 활짝 열어 놓았는데, 방 안에도 그 녀석 모습이 안 보였다. 밖으로 나간 모양이었다. 편하게 거실에 앉아 뉴스를 보는데 엇비슷한 소식만 계속 나와서 더는 볼 게 없었다. 텔레비전을 끄고 바깥 풍경을 보는데 우중충한 풍경에 속이 다시 답답해졌다. 가만히 앉아 있기도 답답해서 괜히 일어서서 집 안 곳곳을 어슬렁거렸다. 그 녀석 방은 여전히 지저분하고 더러웠다. 형광등 위에 있던 죽은 벌레는 조금 더 옆으로 옮겨져서 바람만 살짝 불어도 툭 떨어질 듯 위태로웠다. '후~' 하고 입으로 바람을 불어 보았다. 바닥으로 떨어지게 하여 불안감을 제거하고 싶었다. 내 뜻과 달리 죽은 벌레는 미동도 안 했다. 내가 입으로 만들어낸 바람으로는 메마른 날개조차 움직이지 않았다.

좁은 집에는 구경거리가 더는 없었다. 밖으로 나가고 싶었지만 할머니가 절대 나오지 말라고 했기에 마당으로도 나가지 않고 집 안에만 머물렀다. 멍하니 거실에 앉아 밖을 보다가 텔레비전을 켰다. 리모컨을 쥐고 채널을 끊임없이 바꾸었다. 보고 싶은 프로그램은 없었다. 특히 웃고 떠드는 프로그램은 지켜보기 힘들었다. 나는 이런 끔찍한 처지에 몰렸는데 자기들끼리 신나서 즐거워하는 모습이 눈꼴셨다. 계속 채널을 바꾸면서 종종 스마트폰을 확인해지만 엄마 아빠는 여전히 아무런 반응이 없었다. 지루하게 텔레비전을 보다가 깜빡 잠이 들었다. 산에 올라가다 산사태를 만나는 꿈을 꾸었다. 산사태를 피해 도망을 쳤는데 아무리 빨리 뛰어도 흙더미를 떨쳐내지 못했다. 심지어 오르막길로 뛰어가도 흙더미가 나를 뒤쫓아 왔다. 마지막에는 벼랑까지 몰렸다가 밑으로 떨어졌다. 몸이 깊은 어둠으로 쑤우욱 끌려 들어갔고, 심장이 멎는 듯한 공포에 놀라 깨어났다.

"뭐냐? 혼자 자다가 놀라 자빠지고."

그 녀석 얼굴이 내 얼굴 바로 앞에 있었다.

나는 얼른 일어나서 더러운 얼굴을 피했다. 화장실로 들어가 얼굴을 씻었다. 다시 거실로 왔는데 그 녀석은 자기 방으로 들어갔는지 방문이 굳게 닫혀 있었다. 텔레비전을 뉴스 채널로 바꾸었다. 재난 소식이 다시 쉴 새 없이 쏟아졌다. 좋은 소식을 기다렸지만 내 기대를 채워 주는 뉴스는 한 편도 없었다.

막막한 심정으로 뉴스를 보는데 그 녀석 방문이 벌컥 열렸다. 그 녀석은 성이 잔뜩 나서 얼굴을 찌푸린 채 나에게 성큼성큼 다가왔다.

"아까 내 방 들어갔어?"

다짜고짜 시비였다.

"네 방에 왜 들어가냐?"

나는 슬쩍 비웃음까지 흘려주었다. 그런 지저분한 방에는 들어가라고 해도 들어가지 않는다.

"나 없을 때 들어갔잖아?"

"안 들어갔어."

"그럼 내 돈이 왜 없어져?"

그 녀석은 나를 도둑으로 취급했다. 어처구니가 없었다.

"그따위 돈 안 훔쳐!"

"그럼 왜 없어졌는데?"

그 녀석은 눈을 부라리며 얼굴을 바짝 들이밀었다.

이럴 때는 방어만 한다고 해결이 안 된다. 가장 강력한 방어는 공격이다.

"돈은 있었고? 없는 돈 사라졌다고 거짓말하는 거 아니야?"

"나, 돈 있어!"

"얼마였는데? 도대체 얼마가 사라졌는데?"

그 녀석이 얼굴을 뒤로 빼더니 눈알을 굴렸다.

"아무튼 내 방에 들어오지도 말고, 내 물건은 건드리지도 마!"

"들어가라고 해도 안 들어가고, 가져가라고 해도 안 가져가."

그 녀석은 씩씩거리더니 내 손에 있던 리모컨을 확 낚아챘다. 그러고는 텔레비전을 꺼 버리더니 리모컨을 들고 자기 방으로 들어가 버렸다.

'제기랄!'

내가 이런 서러운 꼴을 당하다니, 비를 뿌린 하늘이 밉고, 연락이 안 되는 엄마와 아빠가 원망스러웠다.

스마트폰을 봤다. 엄마 아빠는 여전히 반응이 없었다. 나는 하는 수 없이 이모에게 연락을 했다. 이모는 엄마와 나이 차이가 꽤 나는데 결혼도 안 하고 혼자 산다. 일하는 재미에 푹 빠져서 결혼 생각을 아예 안 한다. 엄마는 그런 이모를 볼 때마다 구박도 하고 설득도 하지만 이모는 아랑곳하지 않는다. 아빠 쪽 친척으로는 고모가 두 분 있는데 한 분은 외국으로 이민을 갔고, 한 분은 제주도에 살기에 도움을 받기 어려웠다. 메시지를 보내고 한참 뒤에 이모에게서 연락이 왔다. 이모는 해외 출장 중이라고 했다. 엄마 아빠가 연락이 안 된다고 했더니 자기가 알아보겠다고 했다. 이모와 메시지를 주고받고 나자 더 막막해졌다. 이모에게 부탁해서 어떡하든 나를 집으로 데려다 달라고 부탁하려고 했는데, 이제 나를 구원해 줄 손길은 없었다. 길이 연결될 때까지 꼼짝 못하고 이 숨 막히는 공간에서 갇혀 지내야만 했다.

밖이 어둑해질 때쯤 어른들이 돌아왔다. 어른들 몸은 온통 흙투성이였다. 저녁도 다 같이 모여서 먹는데 그 녀석은 대놓고 나를 괴롭혔다. 내가 젓가락으로 반찬을 집으려고 하면 그 반찬을 왕창 가져갔고, 국을 뜨면 괜히 몸으로 나를 밀어서 국물이 떨어지게 했다. 울화통이 났지만 터트리지는 않았다. 얹혀사는 처지라 억울해도 참아야만 했다. 재난 때문에 걱정이 많은 어른들 앞에서 철없는 싸움을 벌이기도 싫었다.

저녁을 먹고 잠시 텔레비전을 보다가 어른들은 일찍 잠자리에 들려고 했다. 그 녀석 할아버지와 할머니는 우리 할머니와 할아버지에게 안방에 가서 주무시라고 거듭 양보했고, 할아버지와 할머니는 거실에서 자겠다고 고집을 피우다가 마지못해 안방으로 들어갔다. 그 녀석 할아버지와 할머니가 이불을 거실에 깔았다.

"태경이는 민기 방에서 같이 자라."

싫다고 말하고 싶었다. 그러나 그 녀석 방 말고는 내가 잘 곳이 없었다. 나까지 자기에 안방은 비좁았다. 거실은 조금 여유가 있었지만 그 녀석 할아버지 할머니 옆에서 잘 수는 없었다. 감옥에 들어가는 기분으로 그 녀석 방으로 가야만 했다. 그 녀석은 나를 째려보더니 이불을 뒤집어쓰고는 나에게 등을 돌렸다. 나는 방 한가운데 놓인 낡은 이불 위에 몸을 눕혔다. 내 잠자리는 형광등 바로 아래였다. 위태롭게 놓인 죽은 벌레가 곧 떨어질 듯했다.

"불 꺼!"

그 녀석이 차갑게 말했다. 나는 죽은 벌레를 노려보면서 몸을 일으켜 불을 껐다. 까만 어둠에 잠긴 방에는 낡은 선풍기가 돌아가는 소리만 들렸다. 그 녀석은 등을 나한테 돌린 채 꿈쩍도 안 했고, 나는 눈을 감았지만 마음이 심란해서 잠이 오지 않았다.

'후두두둑 ~!'

지붕을 때리는 빗소리가 다시 들렸다. 어젯밤과 같은 굵은 빗소리는 아니었지만 두렵기는 마찬가지였다. 혹시라도 더 심한 산사태가 나서 이 집까지 덮칠까 봐 겁이 났다. 그러다 내가 다치지만 않는다면 이 집도 수해를 입으면 좋겠다는 못된 생각이 불쑥 일어났다. 그러면 저 돼먹지도 않은 녀석이 텃새를 부리며 나를 못살게 굴지는 못할 테니 말이다. 그런 못된 생각까지 하면서 늦은 밤까지 뒤척이다 겨우 잠이 들었다.

빗소리에 뒤척이고, 그 녀석 숨소리가 거슬리고, 악몽에 시달리느라 깊이 잠들지 못했다. 이 모든 게 그저 한바탕 악몽이기를 바라면서 눈을 떴다. 창밖에서 희미한 빛이 스며들었다. 죽은 벌레가 없는, 깨끗한 불빛 아래 깨어나기를 바랐다. 그러나 현실은 그대로였다. 죽은 벌레는 여전히 형광등 위에 위태롭게 놓여 있었다.

1923년, 간토 *6*

용감한 여자

: 이경석 :

그날 밤, 지진이 난 뒤에 처음으로 밥을 먹었다. 몰래 훔쳐 먹었는데 밥을 먹고 나니 잠이 쏟아졌다. 그때서야 지진이 난 뒤에 단 한숨도 못 잤다는 사실을 깨달았다. 잘 곳을 고를 여력도 없었다. 나는 무너진 담벼락 틈새를 비집고 들어가 잠을 청했다. 바닥은 딱딱했지만 다른 사람 시선에서 나를 가릴 곳이었기에 그만한 곳이 없었다.

시끄러운 소리에 잠이 깼다. 사람들 소리였다. 혹시나 조선인을 찾아서 돌아다니는 무리일지도 모르기에 몸을 더 숨기고 조심스럽게 소리에 귀를 기울였다. 염려와 달리 피난민들이었다. 나는 혼자 갈까 하다가 피난민 행렬에 끼기로 했다. 일본인 피난 행렬에 끼어들면 아무래도 더 안전하리라는 판단이었다. 나는 어슬렁거리며 걷다가 자연스럽게 피난민 행렬에 합류했다. 도쿄를 벗어나는 쪽으로 피난민들이 움직인다는 점은 알았지만 행렬이 향하는 곳이 정확히 어디인지는 알지 못한 채 따라갔다.

같이 가면서 무거운 짐을 진 일본인 가족을 도와줬는데 그들이 내게 밥을 조금 나눠 주었다. 그 덕분에 오랜만에 따뜻한 정을 느꼈다. 조선인을 죽이려고 돌아다니는 일본인과 자신들도 넉넉지 않으면서 나에게 밥을 나눠 주는 일본인이 한 나라 사람이라는 게 믿기지 않았다. 나는 되도록 말을 하지 않았지만 말을 해야만 하는 상황이면 굳이 피하지 않고 유창한 일본어를 사용했다. 그리고 길거리에 버려진 죽창도 집어 들었다. 날카로운 죽창도 있었는데 차마 들 수 없어서 끝이 뭉개진 죽창을 택했다.

피난민들과 걸어간 지 사흘째 되는 날, 피난민 행렬은 처음으로 지진 피해를 입지 않은 멀쩡한 마을에 도착했다. 피난민들은 그 마을 한복판으로 뚫린 대로를 따라 움직였는데 갑자기 무장한 마을 사람들이 나타나 길을 막아섰다. 그러고는 조선인을 골라내겠다며 위협을 가했다.

한 명 한 명에게 '15엔 50전'을 발음해 보라고 시켰다. 기미가요를 부르도록 시키기도 했다. 나는 피난민들과 같이 오면서 기미가요를 이미 익혔기에 걱정하지 않았다. 천황 연보를 물어보면 나는 무식한 노동자여서 모른다고 할 참이었다. 나는 피난민 중간쯤에 섰다. 나에게 잘해 주었던 일본인 가족은 내 바로 뒤에 따라왔다. 그런데 내 바로 앞에 두 사람이 '15엔 50전' 발음을 제대로 못해서 끌려 나갔다. 조선인이었다. 두 사람은 마을 사람들에게 둘러싸여 숱한 발길질을 당했다. 일본도로 위협하는 자들도 있었지만 다행히 찌르는 놈은 없었다.

혼란스러운 와중에 내 차례가 왔다. 나는 침착하게 15엔 50전을 발음했다. 기미가요를 부르라고 시키면 목청껏 부르려고 준비하는데 엉뚱하게도 언제 어디서 태어났냐고 물었다. 장소야 아무렇게나 둘러대도 되지만, 언제는 매우 중요했다. 일본 천황 연호를 정확히 알아야만 했다. 공사를 하면서 몇 번 연호를 들은 적이 있다. 나는 유창한 일본어로 태어난 곳을 꾸며 대면서 속으로는 내 나이와 연호를 연결해서 역으로 계산했다. 내가 일했던 근처를 일부러 자세히 묘사했다. 현장 소장은 옛날 그곳이 이러쿵저러쿵했다는 말을 많이 했는데, 그 말을 최대한 활용했다.

"빨리 태어난 연호나 말해! 둘러대지 말고."

죽창을 든 자가 버럭 화를 냈다.

어쩔 수 없었다. 적당히 둘러대야만 했다. 더 머뭇거리다가는 조선인으로 찍힐 위험이 있었다. 내가 고른 연호를 말하려는데 소란이 일어났다.

"그만 때려요!"

일본인 여자였다. 그 여자는 폭행을 당하는 조선인 둘을 감싸고 마을 사람들이 더는 때리지 못하게 막아섰다.

"이러지 마요! 제발 정신들 차려요!"

나도, 나를 다그치던 자도 그 여자 쪽을 봤다.

"우물에 독을 탔어. 죽여야 해."

일본도를 든 자가 그 여자를 밀어내려고 했다.

"당신이 봤어요?"

여자가 당차게 따졌다.

"비켜 서!"

"안 비켜요. 죄 없는 사람들이에요."

"조선인이야!"

"조선인도 일본인도 똑같아요! 같은 사람이라고요."

"뭐가 같아?"

"뭐가 다른데요?"

여자는 물러서지 않았다.

일본도를 든 자가 칼을 치켜들었다. 여자는 눈도 깜짝 하지 않고 일본도를 든 자를 노려보았다. 나를 다그치던 자는 그 여자를 보느라 정신이 팔려 있었다. 나는 슬그머니 그 자리를 빠져나갔다.

한참 동안 소란이 일었는데 조금 뒤 경찰이 조선인 두 명을 빼내 가는 게 보였다. 그 여자는 조선인 두 명이 마을 사람들을 완전히 빠져나갈 때까지 함께 갔다가 다시 돌아왔다. 혹시라도 또 다시 조선인이 위협을 당하는 상황이 벌어지면 나설 작정인 듯했다.

저런 일본인도 있다니, 더구나 여자인데, 뜻밖이었다. 칼 앞에서도 물러서지 않고 자기 목숨을 걸고 사람을 구해 내는 용감한 여자였다. 카즈마 씨가 떠올랐다. 카즈마 씨도 목숨을 걸고 우리 동료들을 구하려고 했다.

검문은 계속 이어졌지만 더는 조선인으로 의심받는 사람이 나오지 않았다. 나는 일본인 피난민들 사이에서 일본인처럼 굴었다. 말을 나누며 왔던 일본인 가족이 있어서 자연스럽게 어울릴 수 있었다. 마을 공터에 다 같이 머물렀는데 구호품이 나왔다. 간단한 옷가지와 음식이었다. 마을 사람들은 피난민을 아주 친절하게 대했다. 결코 넉넉해 보이는 마을이 아니었음에도 인심이 좋았다. 저들이 조선인을 그렇게 적대시하며 죽이려고 했던 사람들이란 게 믿어지지 않았다.

모처럼 밥을 배불리 먹으니 피곤하고 졸렸다. 마을 공터 벽에 기대니 잠이 쏟아졌다. 그곳은 안전했다. 나는 일본인이었고, 그 어떤 위험도 없었다. 마음이 편안하니 잠이 깊이 들었다. 모처럼 누리는 단잠이었다.

눈을 떴다. 사람들이 보이지 않았다. 다른 곳으로 이동한 모양이었다. 내가 깊이 잠을 자니 그대로 두고 간 듯했다. 혼자가 되니 사라졌던 불안이 다시 찾아들었다. 몸을 일으켰다. 빨리 피난민 행렬에 합류해야만 했다. 나는 피난민 행렬을 찾아 다녔다. 피난민들이 갔을 만한 곳을 어림하여 걸어가는데 다급한 소리가 골목에서 들렸다.

"이쪽 어딘데……."

"갈라져서 쫓자."

"멀리 못 갔을 거야.

불길했다. 괜히 나한테 불똥이 튈 염려도 있었다. 나는 재빨리 골목 안으로 들어가 으쓱한 곳을 찾아 몸을 숨겼다.

얼마 뒤 요란한 발소리가 들렸다. 한 여자가 골목에 나타나더니 쓰러졌다. 내가 숨은 데서 그리 멀지 않은 곳이었다. 나는 은신처 틈새로 그 장면을 보았다.

"칙쇼!"

죽창을 돈 놈이 여자를 거칠게 때렸다.

"살려 주세요."

여자는 무릎을 꿇고 두 손을 모았다.

"칼이 잘 드나 볼까?"

또 한 놈이 나타나더니 일본도를 빼들었다.

"한 방에 죽이지는 마! 나도 죽창으로 찔러 봐야 하니까."

죽창을 든 놈이 킥킥거리며 말했다.

위로 치솟은 일본도에서 강렬한 살기가 느껴졌다.

그대로 있고 싶었다. 괜히 구하려고 나섰다가는 내가 죽을지도 모르기 때문이다. 그 순간에 성난 군중 앞을 당당히 막아 선 그 일본 여성이 떠올랐다. 알지도 못하는 조선인을 위해 목숨을 걸고 나선 일본 여성에게 부끄러웠다. 카즈마 씨도 떠올랐다. 가만히 있었으면 손끝 하나 다치지 않았을 일본인이면서도 조선인 동료를 구하려고 목숨을 바친 카즈마 씨가 나를 매섭게 꾸짖었다. 제 한 목숨 구하겠다고 비겁하게 숨어서 죽어 가는 동포를 모른 척하는 내가 한 없이 초라했다.

나는 주먹을 꽉 쥐었다. 조선에서는 농사꾼으로, 일본에서는 건설 노동자로 다져진 몸이었다. 목숨 걸고 싸운다면 저 두 놈쯤은 이기지 못하겠나 싶었다. 옆에 있던 돌멩이를 움켜쥐었다. 나는 발뒤꿈치를 들고 소리를 죽여 가며 두 놈 뒤로 다가갔다.

그들은 조선 여자를 놀려 대며 시시덕거렸다. 일본도를 든 놈은 칼을 휘두를 듯 말 듯하며 장난을 쳤다. 칼이 몸에 다가들 때마다 여자는 새하얗게 질리며 공포에 떨었다.

나는 바짝 다가가서 일본도를 든 놈 뒤통수를 돌멩이로 있는 힘껏 내리쳤다. 일본도를 든 놈은 짚단이 쓰러지듯 옆으로 맥없이 넘어졌다.

"칙쇼!"

다른 한 놈이 화들짝 놀라더니 죽창으로 나를 찌르려고 했다. 나는 죽창을 피한 뒤 그놈 팔을 억세게 잡고 뒤로 세차게 밀었다. 죽창을 든 놈은 나를 떼어 내려 했으나 나는 그대로 벽까지 밀어붙였다. 그놈 몸이 벽에 닿자 나는 그놈 얼굴을 손으로 움켜쥐고는 있는 힘껏 밀었다. '퍽!' 하면서 그놈 뒤통수가 벽에 부딪치는 소리가 들렸다. 죽창을 든 손에 힘이 빠져나가는 게 느껴졌지만, 혹시 몰라 한 번 더 머리를 벽에 거칠게 박았다. 그 자는 축 늘어졌고 바닥에 쓰러졌다. 그자 머리가 부딪힌 벽에는 피가 흥건했다. 그자가 흘린 피도 붉었다.

나는 숨을 가다듬은 뒤, 무릎을 꿇은 채 부들부들 떠는 여자에게 말을 걸었다.

"조선인이요?"

일본말로 물었다.

여자가 고개를 끄덕였다.

"저도 조선 사람입니다."

나는 조선말로 말했다.

"고맙습니다."

나는 손을 내밀었다. 그 여자가 내 손을 잡았다.

"빨리 도망쳐야 해요."

나는 여자 손을 잡고 골목길을 뛰었다.

그때 요란한 발자국 소리가 들렸다.

"여기다! 여기 쓰러져 있어!"

일본인들이 쓰러진 두 놈을 발견한 모양이었다.

"빠가야로!"

"방금 소리를 들었어. 멀리 못 갔을 거야."

"빨리 쫓아가자!"

나는 여자 손을 잡고 죽을힘을 다해 뛰었다.

어느 날, 어느 나라 **6**

평화를 찾아서

: 알리 :

아빠에게 묻고 싶은 말이 많았지만 질문할 틈이 없었다. 아빠는 많은 사람들을 이끌고 다급하게 국경을 넘을 준비를 했다. 엄마와 얘기를 나눌 틈이 없을 정도로 아빠는 바빴다. 다음 날 새벽에 우리는 국경을 넘기 위해 이동했다. 어둑어둑한 새벽에 험한 지형을 뚫고 가기란 여간 힘들지 않았다. 나는 짐이 되기 싫어서 힘들다는 말도 하지 않았다. 오랫동안 침대에서만 지내느라 몸이 약해져 있었지만 이를 악물고 버텼다. 함께 국경을 넘는 사람들 사이에는 내 또래 애들도 상당히 많았다. 우리는 해가 뜰 때쯤 국경을 넘었다. 국경을 넘었지만 쉴 새 없이 움직였다.

험한 지형을 뚫고 서너 시간쯤 가자 구석진 길에 세워 놓은 버스 세

123

대가 우리를 맞이했다. 버스 세 대에 타기에는 많은 사람들이었지만 아무도 불평하지 않고 꽉꽉 채워서 탔다. 숨이 막힐 만큼 답답했지만 나는 묵묵히 견뎠다. 거칠게 달리던 버스는 먼지가 풀풀 날리는 길거리에 우리를 내려 주었다. 아빠는 내리는 사람을 마지막까지 확인하고 버스 기사에게 돈을 건넸다. 아빠는 함께 국경을 넘은 사람들을 모두 모이게 했다.

"우리는 살아남기 위해 조국을 떠나서 이곳에 왔습니다. 죽음을 피해 함께 왔지만 이제부터는 각자 선택해야 합니다. 여러분이 서 계신 곳에서 오른쪽으로 가면 난민수용소가 있습니다. 많은 우리나라 사람들이 국경을 넘어서 그곳으로 갔습니다. 제가 파악한 바로는 난민수용소 환경이 그리 나쁘지는 않습니다. 그곳에 있으면 나중에 내전이 끝났을 때 바로 우리나라로 돌아갈 수 있습니다. 고려하실 점은 국경을 넘는 난민들이 점점 늘어나면서 수용소 환경이 악화될 가능성이 있고, 무엇보다 내전이 얼마나 오래 갈지 가늠하기 어렵다는 사실입니다. 이 점은 선택 시 고려하시기 바랍니다. 왼쪽으로 가서 정류장에서 버스를 타면 공항이 나옵니다. 그곳으로 가면 해외로 가는 길을 선택하신 셈입니다. 난민을 받아 주는 국가로 가서 새로운 삶을 살고자 한다면 해외로 가서 난민 신청을 하면 됩니다. 전혀 새로운 삶을 살겠다는 각오를 했다면 그리하시면 됩니다. 물론 난민으로 받아들여질지, 받아들여진다면 그 뒤는 어떤 삶을 살게 될지는 알 수 없습니다. 저는 이제 제 역할을 다했습니다. 저도 제 가족이 가야 할 길을 선택해야 하고, 아직은 아무런 결정도 하지 못했다는 말씀을 드립니다."

아빠가 말을 마치자 질문이 쏟아졌지만 아빠는 일관되게 자신은 그 이상은 모른다면서 스스로 찾아보고 결정해야 한다고만 답했다. 더는 아빠에게 들을 말이 없음을 확인한 사람들은 그때서야 자기들끼리 모여서 어떤 길을 선택할지를 두고 의논에 들어갔다.

아빠는 고개를 들어 하늘을 물끄러미 바라보았다. 지나가는 차들이 날리는 먼지 때문인지, 심란한 마음 때문인지 몰라도 아빠는 연신 인상을 찌푸렸다. 아빠는 둘레를 쭉 둘러보더니 느릿하게 엄마와 나에게 걸어왔다.

"압둘라, 당신은 어떻게 할 생각이야?"

엄마가 물었다.

"나 혼자 결정할 수는 없어. 이건 가족이 함께 선택해야 해."

"그래도 당신 생각이 있을 거 아니야?"

"이 전쟁은 이제 시작이야. 언제 끝날지는 아무도 몰라. 빨리 끝난다고 해도 내가 돌아가서 다시 교단에 서기는 힘들 거야."

"그 활동 때문에?"

"정부는 나를 반군 테러 단체와 내통한다고 의심했어. 그게 아니라고 밝혀진 뒤에는 사사건건 정부에 반대하는 운동을 펼치는 반정부 인사로 찍혔고."

"당신은 학교 폭격이 정부군이 저지른 실수라는 사실을 밝히는 활동을 했을 뿐이잖아."

엄마가 강한 어조로 말했다.

"그건 진실을 아는 사람들에게만 통하는 주장이야. 이 정부가 바뀌지 않는 한 나는 돌아갈 나라가 없어."

"만약 반군이 이기면 어떻게 되는데?"

"당신도 반군이 어떤 자들인지 잘 알잖아. 그들은 무고한 시민들을 향해 마구잡이로 테러를 저지르는 악당들이야. 그들이 승리하면 지금 정부보다 더 나쁜 일을 마구잡이로 벌일 거야. 나처럼 정부를 비판하며 진실을 알리려고 했던 사람들을 반군이 그대로 둘 리 없어."

"그럼, 우리 선택은 이미 정해졌네."

아빠가 측은한 눈빛으로 나를 바라보았다.

"그래! 어쩌면 그날 집을 나오는 순간, 진실을 은폐하려는 이 더러운 정부를 그대로 두고 보지 못하겠다고 결심하는 순간, 나는 이미 이런 선택까지 염두에 두었는지도 몰라."

"압둘라!"

엄마가 아빠 손을 꽉 잡았다.

"나는 당신이 한 선택을 지지했어. 지금도 마찬가지고. 그 자들은 수아드와 하산을 죽였어. 결코 용서할 수 없어. 그들이 저지른 죄악은 명명백백하게 밝혀져야 해. 그들에게 끝까지 맞서야 해."

"당신이 아니었다면 나는 결코 이런 일을 하려고 엄두도 못 냈을 거야."

"압둘라! 걱정 마. 우리 함께 새로운 길을 가자. 희망도 없고, 목숨이 위협받는 이곳에서 더는 버티지 말자. 처음부터 다시 하면 되지 뭐. 그곳이 어디든 부딪쳐 보자."

엄마는 강인했다. 학교에 폭탄이 떨어지기 전에는 결코 알지 못했던 강인함이었다. 엄마와 아빠는 결정을 내리고는, 손을 꼭 잡고 동시에 나를 보았다.

엄마와 아빠는 내 선택을 묻고 있었다. 나는 엄마와 아빠가 대화를 나누기 전에 이미 확고하게 마음먹은 상태였다. 엄마와 아빠가 내 생각과 다르게 결심하면 반대할 계획이었다. 나는 친구들과 동생들이 모두 죽은 곳에 더는 살고 싶지 않았다. 언제든 마음대로 집에 쳐들어와 집안을 부수고, 닥치는 대로 폭력을 휘두르는 나라에서 더는 살기 싫었다.

"나는 먼지 풀풀 날리는 이 나라가 싫어. 수용소는 더욱 싫고."

"알리! 다시는 고향으로 못 갈지도 몰라."

아빠가 말했다.

"괜찮아. 동생들과 친구들이 없는 곳은 더 이상 내 고향이 아니야."

나는 단호하게 말했다.

"그럼 우리는 왼쪽 길이네."

엄마가 밝게 웃으며 가방을 들었다.

아빠도 가방을 들었다.

나도 가방을 들었다.

우리가 든 가방이 우리가 지닌 전 재산이었다. 넓고 안락했던 집도,

멋진 가구들도, 엄마가 아끼던 예쁜 그릇들도, 하산이 수집했던 장난감도, 수아드가 애지중지하던 K-POP 앨범도, 내가 늘 자랑스러워하던 최신 전자 제품도 모두 사라졌다. 왼쪽 길로 가는 사람은 우리가 처음이었다. 다른 사람들은 우리를 물끄러미 쳐다보기만 할 뿐 따라오지는 않았다. 조금 뒤 먼지를 풀풀 날리며 버스 한 대가 왔다. 우리는 버스에 탔고, 한참을 달려서 낡은 공항에 내렸다.

공항에서 아빠는 항공권을 구하려고 동분서주했다. 항공권은 돈만 있으면 금방 구할 줄 알았는데 쉽지 않은 모양이었다. 그날 우리는 공항 근처 허름한 숙소에서 잠을 잤다. 그다음 날이 되자 아빠는 또 밖으로 나갔고, 나와 엄마는 지루하게 숙소에서 기다려야만 했다. 금방 끝날 줄 알았는데 지루하고 답답한 날들이 이어졌다.

며칠이 지난 뒤 아빠는 그 어느 때보다 환하게 웃으며 돌아왔다.

"압둘라, 어떻게 됐어?"

엄마가 묻자 아빠는 항공권과 여권을 흔들었다.

"어느 나라야?"

"알리, 어느 나라일까?"

아빠 얼굴에 걸친 웃음에 설마 했던 나는 아빠 말에서 강한 확신이 생겼다.

"설마, 한국이야? 그치, 아빠! 한국이지?"

아빠가 고개를 끄덕였다.

한국이라니……! 그렇게 가고 싶던 나라 한국을 이렇게 가게 되다니……! 내가 쓰는 스마트폰을 만든 나라, 놀라운 전자 제품을 아무렇지 않게 만드는 나라, 수아드가 그렇게 좋아하는 K-POP을 만든 나라, 그 나라에 가는 항공권이 아빠 손에 들려 있다니……!

"한국은 아시아에서 민주주의와 인권이 가장 발전한 나라야. 난민법도 있고, 항공권 가격도 가장 쌌어. 너도 옛날부터 가장 가고 싶어 했잖아. 수아드도 참 가고 싶어……."

아빠 말끝이 흐려지며 진한 슬픔이 눈가에 서렸다.

"그래, 한국이라면, 아시아에서 가장 훌륭하고 발전한 나라이니 우리를 반겨 줄 거야."

엄마가 내 등을 토닥이며 밝게 말했다.

우리는 공항에서 한참을 기다렸다가 한국행 비행기를 탔다. 수아드가 같이 있었다면 얼마나 좋아했을지 상상하니 가슴이 아팠다. 비행기를 타는 내내 한숨도 안 잤다. 한국에 점점 다가갈수록 설렘이 부풀어 올랐다.

안내 방송과 함께 비행기가 구름 아래로 내려갔고, 내가 꿈에도 그리던 나라 한국이 창문 밖에 나타났다. 사진과 영상으로만 봤던 한국을 내 눈으로 직접 보니 꿈만 같았다. 비행기가 빠르게 고도를 낮췄다. 가까이서 본 한국은 그저 놀랍기만 했다. 하늘에서 본 인천공항은 우리가 떠나온 공항에 견주면 SF영화에 나오는 우주 정거장 같았다. 비행기 바퀴가 땅에 닿고 마침내 비행기가 멈춰 섰다. 드디어 한국이었다.

안전벨트를 풀면서 아빠가 말했다.

"여기서는 평화롭게 살 수 있을 거야."

위험에 빠진 가족

: 이태경 :

"초등학교에 수재민 임시 수용소를 설치했다니, 이제 그리 가야겠네."

아침을 먹고 나자 할아버지가 말했다

마을에서 1km쯤 떨어진 곳에 초등학교가 있는데 그곳에 수용소가 설치된 모양이었다.

"형님, 괜찮아질 때까지는 저희 집에 머무셔야지, 뭔 소리다요?"

"아니야. 언제까지 동생네에 폐 끼치며 지낼 수는 없지."

나는 의견을 낼 위치는 아니었지만 그 집을 빨리 떠나고 싶었다. 그 녀석에게 구박을 받으면서 그런 지저분한 방에서 자느니 수재민 임시 수용소가 백배는 나을 듯했다.

그 녀석 할아버지와 할머니는 극구 말렸지만 할아버지는 임시 수용소로 가겠다는 의지가 확고했다. 드디어 그 녀석 눈치를 안 봐도 되는 상황이 된다고 생각하니 무척 기뻤다. 그 녀석이 내 눈치를 살피며 눈알을 굴리는 꼴을 보니 통쾌하기까지 했다.

아침을 먹고 조금 쉬면서 텔레비전을 보는데 수재민들이 거주하는 임시 수용소에 관한 뉴스가 나왔다. 수재민들이 학교 교실 안에 매트를 깔고 가림막도 없이 앉아 있었다. 저런 곳에서 생활해야 한다고 생각하니 갑자기 암담해졌다. 조금 구박을 받더라도 이 집이 훨씬 낫다는 판단이 들었다.

"저거 보세요. 저런 곳에서 어떻게 지내시려고 그런다요."

"맞아요 언니. 언니 몸도 요즘 별로 안 좋은데 괜히 수용소에서 지내다 탈나시면 저희가 죄스러워서 안 돼요."

두 분은 그 녀석과 달리 참 따뜻했다. 다행히 할아버지는 뉴스와 할머니를 번갈아 몇 번 보더니 결국 떠나지 않기로 결정했다. 그와 동시에 그 녀석 표정이 바뀌었다. 다시 의기양양해지더니 나를 낮잡아 보는 기색이 뚜렷해졌다.

아침을 먹고 잠시 쉬던 어른들은 다시 밖으로 나갔다. 나도 따라나서려고 했지만 또다시 할머니가 집에만 있으라고 해서 어쩔 수 없이 집에 머물러야만 했다.

오전 내내 그 녀석은 자기가 보고 싶은 프로그램만 골라서 봤다. 나는 갈 곳이 없어서 그냥 멍청하니 옆에 있어야만 했다. 스마트폰을 보니 배터리가 30%밖에 없었다. 여전히 엄마와 아빠는 내가 보낸 메시지를 확인하지 않았다. 내 처지도 답답하고, 엄마 아빠도 걱정되어서 울적해졌다. 텔레비전을 보며 낄낄거리는 그 녀석을 보니 내 처지가 더 비참했다.

뭔가 소일거리가 필요했다. 그 녀석 방에 들어가기는 싫어서 안방으로 갔다. 안방에서 심심함을 달랠 거를 찾는데, 메시지가 왔다는 신호가 울렸다. 나는 재빨리 메시지를 확인했다. 이모였다.

💬 언니랑 형부가 여행을 간 곳에 엄청난 홍수가 발생했대.

맙소사! 홍수라니……!

💬 새벽에 갑작스럽게 큰 홍수가 나는 바람에 몸만 빠져나와서 겨우 도망을 쳤나 봐. 그래서 너랑 연락이 안 됐던 거야. 나도 대사관에 연락해서 겨우 알아냈어.

엄마와 아빠도 나와 똑같은 일을 겪었다니, 그것도 그 먼 외국에서……. 두려움에 심장이 두근두근 뛰었다.

뒤에서 인기척이 느껴졌다. 아마 그 녀석일 것이다. 그렇지만 그 녀석 따위에 마음을 쓸 상황이 아니었다.

💬 지금은 현지 주민들 집에 있대. 현지인들이 도와주지 않았으면 죽을 뻔했나 봐.

엄마와 아빠가 죽을 뻔하다니……, 손이 덜덜 떨렸다.

💬   지금은 무사하니까 걱정하지 말고.

걱정하지 말라는 문자를 봤지만 걱정은 조금도 사라지지 않았다. 재난을 당하고 아는 사람이라고는 아무도 없는 낯선 곳에서 지내는 게 얼마나 힘들지 상상하기 어렵지 않았다. 특히 밥이 먼저라는 신념으로 한 끼 한 끼를 소중하게 여기는 엄마가 제대로 먹지도 못하고 고생할 것을 생각하니 가슴이 먹먹했다.

💬   지금은 홍수로 도로가 다 망가져서 당장은 못 오는데, 대사관에서 빠른 시일 안에 조치를 취해 주겠다고 했어.

지금은 괜찮다고 했지만 만약에 일이 제대로 안 풀리면 어떻게 하지? 만약에 엄마와 아빠가 잘못되면 어떻게 될까? 한 번도 생각해 본 적이 없는 무서운 상상이었다. 그날 새벽에 밀려들었던 흙더미가 덮치는 상상보다 더 두렵고 떨리는 상상이었다. 만약에 내가 고아가 되어 그 녀석처럼 할아버지 할머니 집에 얹혀서 힘들게 살아야 한다면…….

눈시울이 뜨거워졌다. 내가 그토록 얕잡아 보고, 나에게 심통을 부리는 그 녀석처럼 된다고 상상하니 미쳐 버릴 것 같았다. 그 녀석이 내 뒤에 있는 게 분명했지만 흐르려는 눈물을 멈추게 하지는 못했다. 눈물이 한 방울 떨어지자 온갖 서러움이 밀려들었고, 슬픔으로 몸이 덜덜 떨렸다.

"걱정 마."

그 녀석이었다.

꺼지라고 쏘아붙이고 싶었지만 그러기에는 내 슬픔이 지나치게 컸다.

"두 분 다 무사히 돌아오실 거야."

그 녀석답지 않은 말투였다.

"떠날 때마다 다시는 안 올 줄 알았던 우리 아빠도 늘 돌아왔어."

나는 울음을 억지로 참았다.

고개를 돌려 녀석을 보았다.

"대사관에서 잘 해준다잖아. 두 분 다 괜찮으실 거야. 우리 아빠처럼."

울컥했다. 그러면서 '엄마는'이라고 물어보려다 말았다. 민기 말투에서 형언하기 어려운 슬픔과 그리움이 느껴졌기 때문이다.

그 다음부터 민기는 더는 나를 구박하지 않았다. 텔레비전으로 심통을 부리지도 않았고, 방문을 꼭 닫지도 않았다. 지저분하던 방을 깨끗이 정리하더니 내가 머물 공간도 만들어 주었다. 장롱 안에서 깨끗한 옷도 꺼내서 나에게 건넸다. 식사 시간에도 마구잡이로 먹지 않고 천천히 먹으며 내가 먼저 먹도록 배려했다. 나로서는 여전히 민기랑 지내기가 편하지는 않았지만 마냥 꺼려지지도 않았다.

밤에 잠을 자려고 민기 방으로 들어갔는데, 형광등 위에 있던 죽은 벌레가 더는 보이지 않았다.

우리와 같은 사람

: 이경석 :

큰 길로 도망치면 위험했다. 나는 여자를 이끌고 골목길로 계속 도망쳤다. 여자를 데리고 빠르게 도망치기는 힘들었다. 무엇보다 어디로 도망쳐야 할지 갈피를 잡기 어려웠다. 그렇다고 망설이며 머뭇거릴 여유는 없었다. 어차피 운이었다. 이보다 더한 상황에서도 운 좋게 살아남았다. 운이 다하면 그때 죽으면 그만이다. 카즈마 씨도 이러다 죽었다. 한 목숨을 구하기 위해 몸부림치다 죽어도 아쉬움 없는 삶이란 생각이 들었다. 조선에 있는 가족들이 떠올라 잠깐 미련이 스며들었지만 죽어간 동료들에게도 모두 가족이 있었다는 사실이 떠오르자 작은 미련조차 깨끗이 사라져 버렸다.

골목길을 다급히 뛰어가는데 어떤 집 대문이 열리며 한 여자가 나타났다.

'그 여자다!'

군중들이 조선인을 공격할 때 당당하게 맞섰던 바로 그 여자였다. 나는 망설이지 않고 열린 대문으로 뛰어들었다.

"살려 주세요."

내가 일본어로 말했다.

여자 눈이 동그랗게 커졌다.

"쫓기고 있습니다."

그 여자는 대문 밖으로 고개를 내밀어 골목을 살피고는 문을 재빠르게 닫았다. 그러고는 빠른 걸음으로 우리를 집 안으로 이끌었다. 여자는 우리를 다락이 있는 방으로 데리고 갔다. 다락에 숨겨 주려나 보다 생각하고 그곳으로 올라가려고 했더니 여자가 말렸다.

"다락은 위험해요. 오자마자 다락부터 뒤질 거예요."

여자는 다락문을 살짝 열어 놓았다. 다락으로 급하게 올라갔다가 미처 문을 닫지 못하게 착각하게 만들 요량이었다.

그러고는 다락문에서 조금 떨어진 곳에 있는 작은 책장을 잡아당겼다. 책장은 바닥에 아무런 자국도 남기지 않고 움직였다. 책장이 처음 있던 자리에는 작은 손잡이가 있었다. 손잡이를 잡아당기자 마루가 위로 들렸다.

"이 밑으로 숨어요. 제가 나오라고 할 때까지 절대 나오지 마세요."

나는 같이 도망치는 여자와 함께 마루 밑으로 숨었다. 두 사람이 숨기에는 비좁았기에 딱 붙어서 몸을 웅크렸다. 이어서 마루문이 닫히고 책장을 옮기는 소리가 들렸다.

그때 밖에서 대문이 부서져라 두드리는 소리가 났다. 잠시 실랑이가 벌어지더니 거친 발소리가 집 안으로 들이닥쳤다.

"아무도 없어."

여자가 소리쳤다.

"거짓말 마! 이쪽으로 도망치는 걸 분명히 봤어."

"없다니까!"

"여기 아니면 숨을 데가 없어."

"앗! 다락문이 열려 있어!"

수많은 발자국 소리가 다락문을 향했다. 마루 밑에 있으니 그 소리가 생생히 들렸다. 우리는 입을 두 손으로 막고 호흡 소리도 새어 나가지 않게 하려고 죽을힘을 다했다.

"뭐하는 짓이야?"

여자가 고래고래 소리를 질렀지만 아무 소용이 없었다. 다락을 뒤지는 소리가 한참 동안 들렸다.

"없어."

다락으로 올라갔던 놈들이 내려왔다.

"빨리 나가! 빨리 안 나가면 경찰에 고발할 거야."

여자가 매섭게 쏘아붙였다.

"남편이 멀리 떠나고 여자 혼자 있는 집을 이런 식으로 침범했단 게 알려지면 경찰이 가만두지 않을 거야! 빨리 안 나가?"

여자는 침입자들을 역으로 협박했고, 놈들은 협박에 밀렸는지 아무 소리도 못했다. 발소리가 점점 멀어지는데, 여자는 그런 놈들을 향해 거듭해서 빨리 꺼지라고 소리를 질러댔다.

"마사코, 그만해!"

차분한 남자 목소리였다.

여자 이름이 마사코인 모양이었다.

"하야시, 너야말로 그 일본도 치워. 그 칼 들고 뭐하겠다는 거야?"

마사코와 하야시는 아는 사이인 모양이었다.

"불령선인들에게서 우리 마을을 보호해야 돼."

"너는 정말 조선인들이 우물에 독을 풀고 군대와 싸운다고 생각하니?"

"소문이 그래."

하야시는 차분했고, 마사코는 매서웠다.

"네가 직접 봤어?"

"경찰도 경고하고 있어."

"경찰은 지진과 화재로 불안해진 백성들이 정부를 향해 폭동이라도 일으킬까 봐 두려워해. 그래서 애꿎은 조선인들을 과녁으로 삼아 어리석은 사람들이 분노를 터트리도록 만든 거야."

"만약에 사실이라면?"

"그 만약이란 근거 없는 의심 때문에 사람들을 그렇게 죽이려고 하는 거야?"

"안 그러면 우리가 죽으니까."

"말도 안 되는 소리 하지 마! 그런다고 우리 안 죽어."

마사코는 강인하게 되받아쳤다.

"오랫동안 조선인들은 아무 문제없이 우리 일본인들과 함께 살아왔어. 너도 지진이 나기 전까지는 그들과 잘 지냈잖아. 그들도 우리와 같은 사람이야."

"불령선인은……."

"왜 그들을 불령선인이라고 불러? 그들이 뭐가 나쁘다는 거야?"

우리를 죽이려는 일본인들에게 내가 하고 싶은 질문을 마사코가 대신했다.

"그들은 그냥 조선인일 뿐이야. 아니, 그냥 사람이야. 우리와 같이 피와 살이 흐르고, 양심이 살아 있는 그냥 사람이라고."

마사코는 올곧은 사람이었다.

"그래도 만약에 그런 일이 벌어지면……."

하야시 말에는 이미 힘이 빠지고 없었다.

"그러면 그런 일을 한 사람만 벌해. 한두 명이 그랬다고 모두가 그랬다는 식으로는 절대 하지 마. 내가 알기로는 지진을 틈타 수많은 일본인들이 못된 범죄를 저질렀어. 이 마을에서도 그렇고. 그러면 너는 일본 사람 전체를 범죄자로 몰아서 닥치는 대로 죽일 거니?"

하야시는 아무 대꾸도 못했다.

"거봐. 왜 하야시 너는 일본인 범죄자 한 명은 일본인 전체와 구분하면서, 조선인은 단 한 명도 범죄를 저질렀다는 증거가 없는데도 모조리 범죄자 취급을 해?"

"끙!"

하야시가 신음을 터트렸다.

발소리가 들렸다. 하야시가 가는 모양이었다. 그러다 발걸음 소리가 멈췄다.

"마사코! 널 생각해서 하는 말인데, 도대체 왜 거리에 나가서 불령선인들을 보호하는 거야? 그거 하지 마. 잘못하면 너도 다쳐."

하야시는 마사코를 진심으로 걱정했다.

"괜찮아. 이럴 때 비겁하게 가만히 있는 건 내 양심이 허락하지 않아."

내 가슴이 울컥했다.

"친구로서 하는 말이야. 조심해!"

"걱정 고마워. 그렇지만 죄 없는 사람을 죽이는 잔혹한 짓을 지켜보기만 하는 것이야말로 저질러서는 안 되는 죄악이야."

다시 발소리가 들렸다. 하야시가 떠나는 소리였다. 그리고 한동안 집 안은 고요에 잠겼다.

우리는 하야시가 사라진 뒤에도 한동안 마루 밑에서 그대로 있었다. 마사코가 한 말이 내 심장에서 큰 울림이 되어 요동쳤다. 지진이 나고부터 그 순간까지 오직 나만 살아남으려고 몸부림쳤던 내가 한없이 부끄러웠다. 그리고 참으로 마사코가 고마웠다.

어느 순간 나도 모르게 눈물이 볼을 타고 흘렀다. 아버지가 쓰러질 때도 흘리지 않던 눈물이었다. 바짝 붙어 있던 여자가 내 눈물을 알아차렸다. 고운 손이 내 볼에 흐르는 눈물을 닦아 주었다.

빼앗긴 희망

: 알리 :

공항 직원이 갑자기 여권을 빼앗아 갔다. 아빠가 서툰 영어로 항의했지만 소용없었다. 엄마는 한국 전자 제품을 파는 곳에서 일해서 한국어를 몇 마디 하기는 했지만, 그 정도 수준으로는 한국인들과 제대로 된 나누기는 불가능했다.

"아빠! 도대체 무슨 일이야? 엄마, 뭐라고 하는 거야?"

내가 애타게 물었지만 아빠와 엄마는 나에게 설명해 줄 겨를이 없었다.

아빠와 엄마는 여권을 빼앗기지 않으려고 강하게 저항했지만 실패하고 말았다. 나는 무슨 일이 벌어지는지도 모른 채 멍하니 혼란스러운 상황을 지켜보기만 했다. 또다시 답답한 상황이 펼쳐졌다. 아무것도 모르고 아파서 누워 있을 때 느꼈던 그 답답함이 되풀이되었다. 속이 울렁거렸다. 내가 동경하던 나라에 들어오자마자 겪는 차가운 냉대, 그리고 무슨 일이 벌어지는지 모르는 막막함, 다시 등골을 타고 으슬으슬한 기운이 올라왔다. 다시 아프면 안 된다. 엄마 아빠에게 또다시 짐이 되면 안 된다. 나는 이를 악물었다. 무너지면 안 돼, 알리!

긴 다툼이 끝나고 우리는 외딴 방으로 내몰렸다.

"아빠, 무슨 일이야? 대체 어떻게 된 거야?"

"알리."

아빠 말에 힘이 하나도 없었다.

"우리 보고 되돌아가래."

"무슨 소리야? 죽지 않으려고 도망쳤는데, 돌아가라는 말은 죽으라는 소리잖아?"

"모르겠어. 왜 그런지 모르겠어. 한국이란 나라가 이럴 줄은 꿈에도 상상하지 못했는데⋯⋯. 몇 마디 나눠보지도 않고 나를 가짜 난민이라고 낙인을 찍은 까닭을 모르겠어."

아빠는 얼굴을 감싸며 고개를 푹 숙였다.

엄마가 벌떡 일어났다.

"엄마!"

"주흐르!"

"이대로 쫓겨날 순 없어."

엄마가 결연하게 말했다.

"주흐르, 우리에겐 방법이 없어."

아빠는 절망에 빠져 있었다.

"아니! 길이 있을 거야. 죽을 줄 뻔히 알면서도 당할 순 없어. 아니 더는 당하기 싫어. 그 더러운 자식들이 나를 어떻게 했는데…… 그 짓을 또 당할지도 모르는데…… 이대로 포기는 못해."

엄마는 주먹을 불끈 쥐더니 문을 박차고 나갔다.

엄마가 나가고 아빠는 고개를 푹 숙인 채 아무 말도 없었다. 나는 어찌할 바를 모른 채 또다시 답답하게 기다려야만 했다. 알고 싶었지만, 물을 엄두가 안 났다. 그러기 싫은데, 그러면 안 되는데, 몸이 이상 신호를 보냈다. 내 병이 다 나은 줄 알았는데, 아닌 모양이었다. 희망이 절망으로 곤두박질치자 숨죽이며 웅크렸던 병균들이 다시 들고일어날 채비를 하는 듯했다.

나는 더는 걸림돌이 되기 싫었다. 엄마가 '그 짓을 또 당할지도 모른다'고 했던 말이 아프게 나를 괴롭혔다. 다 내가 아팠기 때문이다. 내가 아프지만 않았다면 당하지 않았을 일이었다. 나는 심호흡을 했다. 지금 내가 할 일은 아프지 않기 위해 노력하는 것밖에 없었다. 나는 마음을 가라앉히고 어떡하든 희망을 품어 보려고 했다. 아시아에서 가장 좋은 나라, 인권이 발전한 나라라는 믿음에 희망을 걸고, 나를 달랬다. 마음이 중요했다. 마음이 무너지면 몸도 무너진다. 나는 이제 엄마 아빠에게 하나밖에 남지 않은 자식이고, 나는 자식으로서 도리를 다해야 한다. 내 한 몸조차 지키지 못한다면 나는 쓸모없는 놈이 되고 만다.

수상한 소년들 난민과 통하다

한 시간쯤 흘렀을까? 엄마가 돌아왔다. 엄마 뒤에 낯선 이방인이 따라 들어왔다. 한국 사람은 아니었다. 유럽인이나 미국인 같았다.

"이분이 도와주시기로 했어."

"누구신데?"

"국제 시민 단체에서 일하는 분인데, 우연히 만났어. 우리가 강제 추방당할 위기에 처했다고 제네바 유엔 난민 기구에 알려 주고, 우리를 도와주기로 하셨어."

엄마에게서 희망이 보였다.

"안녕하세요."

낯선 이방인은 아랍어를 아주 능숙하게 구사했다.

"제가 지금 제네바로 가는데 그곳 유엔 난민 기구에 연락해 보겠습니다. 한국 정부가 부당하게 난민 인정 회부 심사도 못 받게 한 모양인데, 유엔 난민 기구가 개입하면 정식 난민 인정 회부 심사를 받게 될 겁니다."

그 사람은 확신에 차서 말했다. 그 사람은 우리 상황을 정확히 알았고, 어떻게 도와야 할지도 알았다.

"바로 강제 추방을 당하지 않을까요?"

아빠가 걱정스럽게 물었다.

"아뇨. 그러지 못합니다. 강제 추방까지는 며칠 시간이 걸립니다. 그 사이에 못하게 막을 테니 걱정 말고 기다리세요."

그 사람은 비행기 시간이 촉박하다며 왓츠앱에 우리 연락처를 등록

하고는 서둘러 떠났다.

　우리와 아무 인연이 없는 사람이 우리를 도와주겠다고 나서니 무척 고마웠다. 유엔 난민 기구가 나선다고 하니 다시 희망이 생겼다. 그렇게 며칠 동안 우리는 답답하고 지루한 희망을 품고 지냈다. 얼마 뒤 유엔 난민 기구가 엄마에게 연락을 했고, 뒤이어 한국 난민 인권 센터에서 일하는 사람이 우리를 찾아오기도 했다. 그러나 아무것도 바뀌지 않았다. 한국은 여전히 우리에게 정식으로 난민 인정 심사를 받을 기회조차 주지 않았다.

　다행스럽게도 강제 송환은 당하지 않았다. 난민 인권 단체 도움으로 '난민 인정 심사 불회부 결정 취소 소송'을 제기했기 때문이다. 난민을 인정받는 심사조차 제대로 받지 못한 조치가 부당하니 정식으로 난민 심사를 받게 해달라는 소송이었다. 소송을 제기하면서 강제 송환을 안 당하게 됐지만, 다른 곳에 가지도 못하고 공항에서 지내야만 했다.

　우리는 공항 구석에 소파를 모아놓고 지냈다. 창문 밖으로는 비행기가 뜨고 내리는 활주로가 보이고, 그 옆으로 화려한 물품이 가득한 면세점들이 늘어서 있었다. 화려함을 뽐내는 공항 구석에서 우리는 밑도 끝도 없는 가느다란 희망을 부여잡고 버텨야만 했다. 좋은 소식이 들리면 몸이 조금 나아졌다가, 나쁜 소식이 들리면 몸이 다시 나빠졌다. 나는 이를 악물고 아픔을 드러내지 않았다. 제대로 씻지도 못하고, 먹지도 못하고, 지나가는 온갖 사람들에게 구경거리가 되면서도 꿋꿋하게 버텨 냈다.

현재, 대한민국 *8*

다시 찾은 평화

: 이태경 :

민기 집에서 사흘째 되던 날, 수해로 망가졌던 길이 복구가 되었다. 길이 복구되자마자 할아버지는 할머니와 함께 나를 집으로 올라가게 떠밀었다. 할머니는 시골에 있으면서 수해 복구에 일손을 더하기를 바랐으나 나를 혼자 둘 수 없었기에 같이 우리 집으로 왔다. 나는 민기가 준 옷을 입고, 배터리가 나간 스마트폰만 들고 집으로 왔다.

택시에서 내려 집으로 걸어가는 길은 집을 떠났을 때와 조금도 다름이 없었지만, 내 마음은 전혀 달랐다. 편하게 머물 집이 있다는 사실이 그렇게 고마울 수가 없었다. 나는 집에 오자마자 충전기를 찾아 스마트폰을 충전했다. 그러고는 깨끗이 씻고 새 옷으로 갈아입은 다음 내 방 침대에 드러누웠다. 익숙한 천장이 나를 편안하게 다독였다. 깊이 숨을 들이마셨다. 익숙한 공기가 내 폐를 가득 채웠고, 세포 하나하나가 기분 좋게 긴장에서 풀려났다.

깜빡 잠이 들었다가 깨어 보니 구수한 향기가 나를 잡아끌었다. 내가 잠든 사이에 할머니가 차려 놓은 풍성한 밥상이 나를 기다렸다. 나는 그 어느 때보다 맛있게 밥을 먹었다. 단언컨대 내 생애 가장 행복하고 맛있는 식사였다. 밥을 다 먹고 식탁을 치운 뒤 거실 소파에 드러누웠다. 텔레비전을 켰다. 민기네 집 텔레비전에서 봤던, 그 연예인들이 그때와 똑같이 환한 웃음을 머금은 채 신나게 떠들어 댔다. 나는 그들을 따라 마음껏 웃었다.

텔레비전을 실컷 본 뒤에 충전이 충분히 된 스마트폰을 들었다. 그동안 못 본 영상, 웹툰, SNS를 실컷 보았다. 그러고는 친구들에게 내가 돌아왔다고 연락을 했다. 친구들은 내가 겪은 사건을 듣고는 놀라워하면서, 위로도 하고, 대단한 모험이라면서 부러워하기도 했다.

연락을 다 하고 나서 한동안 못한 게임을 아무 방해도 없이 질릴 때까지 했다. 그러다 할머니가 마련해 준 간식을 먹고 다시 소파에 드러누워 텔레비전을 켰다. 그렇게 한밤중이 될 때까지 마음껏 평화를 누렸다.

불을 끄고 침대에 누워 어둠에 잠긴 천장을 바라보는데 그렇게 행복할 수가 없었다. 그러면서 낡은 형광등 위에 있던 죽은 벌레를 떠올렸다. 그 벌레를 치운 민기도 떠올렸다. 민기는 지금 어떤 마음일까? 아빠가 올 날을 손꼽아 기다릴까? 혹시나 엄마가 꿈에 나올지도 모른다는 기대로 잠이 들까? 할머니 할아버지 집에서, 친구도 없이, 엄마를 다시 볼 수 있을지 없을지 기약도 없고, 아빠는 언제 올지도 모른 채 하루하루 보내는 그 삶을 떠올렸다.

그때서야 나는 할아버지와 할머니가 왜 민기가 마음대로 집을 드나들도록 내버려 두는지 헤아렸다. 아무런 조건 없이 보듬으려는 그 포근한 온정은 속 좁은 나로서는 헤아리기조차 어려운 넉넉함이었다.

막 잠이 들려고 할 때 전화가 울렸다. 국제전화였는데 처음 보는 번호였다. 이상한 전화일지도 몰라 안 받으려다가 혹시나 하는 마음에 전화를 받았다.

"태경아!"

아빠였다!

엄마도 같이 있었다.

대사관이라고 했다. 사흘 뒤에 한국으로 온다는 반가운 소식도 전해 왔다. 그날 밤 나는 민기 꿈을 꾸었다. 민기가 엄마와 아빠를 만나 행복한 삶을 꾸리는 꿈이었다.

다음 날, 컴퓨터 앞에 앉아 할아버지가 내게 맡긴 공책을 폈다. 나는 고조할아버지가 일본에서 겪은 일을 적은 바로 그 글을 컴퓨터로 옮겼다. 타자를 치면서 읽으니 글에 담긴 사연이 처절해서 몇 번이나 손을 떼고 가슴을 진정시켜야 했다. 마지막 장면에서는 울컥 눈물도 났다. 나는 오탈자도 다 확인하고 깔끔하게 편집을 한 다음 출력했다. 할머니와 할아버지가 보기 편하게 큰 글씨로도 편집해서 별도로 출력했다.

그다음 날, 이모가 집으로 왔다. 이모는 아빠와 엄마가 겪은 일을 자세히 설명했고, 나는 시골에서 겪은 일들을 전해 주었다.
"어쩜, 가족이 한꺼번에 그런 일을 겪다니……."
이모는 놀라워하며 나와 할머니에게 맛있는 걸 듬뿍 사주었다.
나는 이모에게 고조할아버지가 남기신 글을 보여 주었다. 글을 읽으면서 이모는 몇 번이나 눈물을 글썽였다.

그날 이모는 우리 집에서 잤고, 새벽에 일찍 일어나 나를 데리고 인천공항으로 갔다. 엄마와 아빠를 맞이하기 위함이었다. 공항에서 엄마와 아빠가 도착하는 시간을 연신 확인하며 기다리는데 그 어느 때보다 초조했다. 비행기가 혹시 사고나 나지 않을까 하는 쓸데없는 걱정이었다.
엄마와 아빠가 탄 비행기가 도착했다는 표시가 뜬 뒤에야 나는 가슴을 쓸어내리며 기쁜 웃음을 지었다. 내 웃음을 본 이모가 내 등을 따뜻하게 토닥였다.

각자 이름이 있잖아요

: 이경석 :

책장을 밀치는 소리가 나고, 빛이 들어왔다.

"나오세요. 이제 괜찮아요."

나는 먼저 여자를 내보냈다.

"고맙습니다."

나가자마자 여자가 서툰 일본어로 말하며 연신 허리를 숙였다.

나는 뒤따라 밖으로 나갔다. 나도 머리를 숙이며 거듭 고마움을 표현했다.

"그렇게까지 과하게 고마워하지 마세요."

마사코는 깊이 허리를 숙이는 여자를 일으켜 세웠다.

"목숨 걸고 우리를 구해 주셨는데, 어떻게 감사하지 않겠습니까? 생명을 구해 주신 은인이세요.”

나는 일부러 일본어 경어체만 골라서 말했다.

“같은 사람이어서 구했을 뿐인데, 감사는 과분해요.”

또다시 감동이었다.

“조선인도 사람이고, 일본인인 저도 그저 같은 사람이에요.”

조선 여자가 무슨 말인지 궁금해하기에 조선말로 통역을 해 주었다.

“아!”

여자가 놀라워했다.

“당신들을 죽이려고 쫓아왔던 저들은 조선인을 사람으로 안 봐요. 한 사람 한 사람이 가족이 있고, 사연이 있는 사람으로 안 봐요. 나무 한 그루 베듯이, 돼지 한 마리 잡듯이 사람을 죽이려고 해요. 전 그게 옳지 않다고 생각해요. 다 같은 사람인데 일본인 말고는 다 ‘칙쇼’라고 욕을 해대면서 동물보다 못하게 취급하는 못된 짓을 하고 싶지 않아요. 그건 인간이 할 짓이 아니에요. 그뿐이에요. 그러니 저한테 고마워하지 않아도 돼요. 저는 그냥 사람으로서 할 도리를 했을 뿐이에요.”

마사코는 우리를 다락방으로 이끌었다.

“집이 작아서 남들 시선에 안전하게 지낼 곳은 다락방밖에 없네요. 혹시 위험하면 마루 밑으로 숨어야 하는데 다락에서 지내면 금방 숨기도 좋을 거예요. 화장실은 마루 뒷문으로 나가면 돼요. 거기는 사람들 눈에 안 띄니 안전해요. 두 분이 같이 지내기 불편하지 않으면 좋겠는데, 어떨지 모르겠네요.”

우리 처지에서 다락방은 왕궁 못지않은 호사였기에 아무 문제가 없다고 답했다.

　"잠시 쉬세요. 제가 먹을 걸 좀 챙겨 올게요."

　우리는 다락방에 앉아 서먹하게 기다렸다. 잠시 뒤 마사코가 음식을 챙겨서 다락방으로 올라왔다.

　우리는 다시 한번 고마움을 전하며 마사코가 정성스럽게 차려 준 음식을 먹었다.

　"위험이 사라질 때까지 여기서 머무세요. 저 사람들도 시간이 지나니고 나면 괜찮아질 거예요. 평소에는 괜찮은 사람들이었어요. 지진이 일으킨 광풍에 휩쓸려 저러는 거예요. 광풍이 지나가면 이 일을 후회할 사람들이 많아요. 물론 아닌 사람도 있겠지만. 그들을 대신해서 제가 사과할게요."

　마사코가 무릎을 꿇었다.

　"그러지 마세요. 우리 목숨을 구해 주셨는데……."

　"아니에요. 저와 같은 일본인들이 죄 없는 조선인들을 무수히 죽인 죄는 아무리 사죄해도 씻지 못할 거예요."

　식사를 마칠 때까지 마사코는 무릎을 꿇고 가만히 있었다.

　맛있는 음식이었다. 다시는 먹지 못하리라 생각했던 따뜻한 식사였다. 빈 그릇을 챙기며 마사코가 빙그레 웃었다. 웃음에서 따스한 정이 살포시 묻어났다.

　"참, 이름이 뭐죠?"

"네?"

"각자 이름이 있잖아요. 오래 머물 텐데 서로 이름을 불러야죠."

맞다. 내게는 이름이 있다. 그리고 수없이 죽어간 동포들도 모두 이름이 있다. 수많은 동포들이 이름도 불리지 못한 채 죽임을 당했다. 누가 어디서 죽었는지도 모르고 죽어갔다. 일본도를 휘두르고, 도비구치로 내려찍고, 총을 쏘면서 일본인들은 자신들이 죽이는 조선 사람에게도 이름이 있음을 마음에 두지 않았다. 그들이 조선 사람들 이름을 알았어도, 조선 사람들에게 깃든 사연을 하나하나 다 알았어도, 과연 그런 짓을 저질렀을까? 그들은 이름을 알지 못했다. 이름이 가려질 때 광기가 퍼져 나간다.

"좋네요. 제 이름은 이경석입니다."

"좋은 이름이네요. 제 이름은 마사코에요."

"들었습니다. 아까 대화 나눌 때."

"저는 송분순이에요."

우리는 며칠을 다락방에서 안전하게 지냈다. 마사코가 뒤뜰은 안전하다고 했지만 혹시 몰랐기에 화장실에 갈 때는 극도로 조심했다. 웬만하면 낮에 안 가려고 물도 적게 마셨다. 마사코는 밥을 챙겨 주고 계속 밖으로 나갔다. 밖에 나갔다가 돌아온 마사코가 전하는 이야기는 끔찍했다. 사태는 전혀 나아지지 않았다.

한번은 몸에 피를 묻히고 돌아왔다. 어떻게든 죽이지 못하게 막으려다가 칼에 베였다고 했다. 마사코 몸에서 피가 나자 하야시가 사람들을 말렸고, 겨우 조선인 목숨을 구할 수 있었다고 했다. 칼을 몸으로 막아서 생명을 구하는 그 숭고함에 경의를 표할 수밖에 없었다.

피를 흘리고 온 다음 날 마사코는 또 나갔고, 이번에는 아주 새로운 소식을 전해 주었다.

"조선인들을 나가시노 수용소에 안전하게 모으고 있다네요."

우리는 더는 마사코에게 폐를 끼치고 싶지 않았다. 그래서 나가시노 수용소로 가겠다고 말했다.

"제가 더 정확하게 알아볼 테니 조금만 더 기다리세요. 혹시 모르니 확실하게 괜찮다는 게 확인이 되면 그 뒤에 수용소로 가세요."

그러고는 밖에 나가서 소식을 수집해 왔다.

"나가시노 수용수에는 가지 마세요. 수용소 바깥에서 조선인들을 내놓으라고 군중들이 위협하나 봐요. 그리고 수용소 당국이 일부러 조선인들을 몇 명씩 골라서 밖으로 내보낸다는 소문도 있어요. 군중들에게 분풀이를 하라고."

"아니, 어떻게 그럴 수가 있죠?"

나와 분순 씨는 치를 떨었다.

"분풀이로 사람 목숨을 빼앗고, 또 그러라고 일부러 내보내고……. 얼마나 더 타락해야 이 끔찍한 짓들을 멈출지……."

마사코는 긴 한숨을 내쉬었다.

"사태가 가라앉을 때까지 기다리세요. 지금은 그 어느 곳도 안전하지 않아요."

마사코는 그 끔찍한 사태가 끝날 때까지 우리를 보살펴 주었다.

그때 다락방에 같이 지내면서 나는 분순 씨와 서로 의지하며 많은 이야기를 나누었다. 분순 씨는 두 달 전에 일본으로 건너와 의류 공장에서 일하다가 지진을 만났다. 일본 말도 서툴렀는데 나를 만날 때까지 무사히 살아남은 게 기적이었다. 이야기를 나눌수록 분순 씨가 좋아졌고, 분순 씨도 나를 마음에 들어했다.

우리는 사태가 끝나고 얼마 뒤 조선으로 돌아왔고, 결혼을 했다. 결혼을 한 뒤에 일본에 있는 마사코와 연락을 해보려고 했으나 인연이 다시 닿지는 않았다. 그렇지만 우리는 잠시도 마사코에게 받은 은혜를 잊은 적이 없다.

* * *

이제 이 글을 마무리할 때다. 글재주가 없음에도 이 글을 남긴 까닭을 잊지 말고 가슴에 새기기 바란다.

아내와 내 목숨이 경각에 달렸을 때, 기꺼이 손을 내밀어 준 마사코는 진정 따뜻한 영혼을 지닌 사람이었다. 마사코는 우리를 조선인이 아니라 이경석, 송분순으로 불러 주며 같은 인간으로 따뜻하게 대해 주었다. 아내와 나는 그날 이후로 마사코에게 늘 감사해하며 빚진 마음으로 살았다. 아내와 나는 마사코처럼 누가 손을 내밀면 잡아 주려고 애썼다. 우리는 도움이 필요한 이웃이 보이면 없는 살림을 쪼개서라도 도왔다.

너희도 그런 이웃이 보이면 손을 내밀어야 한다. 위험에 처한 이웃이 보이거든 양심이 내는 소리에 따라 따뜻한 손길을 내밀기 바란다. 그것이 마사코에게 받은 은혜에 보답하는 길이다. 마사코가 없었다면 너희는 이 세상에 존재하지도 못했다.

광기에 휘말려 조선인들을 죽인 자들이 저지른 만행은 결코 잊지 말아야 한다. 잊지 말라는 뜻은 분노를 품고 일본인들에게 복수하라는 뜻이 아니다. 그 광기를 교훈 삼아 부디 힘이 강한 다수에 속한다고 한 무리가 되어 함부로 약한 자를 공격하는 어리석은 짓은 벌이지 말라는 뜻이다.

망각은 잔인한 과거를 되살아나게 한다. 명심해라!

이곳이 정말 한국인가요?

: 알리 :

공항에서 지루하고 답답한 날들을 보내는 동안 나는 한국이란 나라에 대해 더 많은 걸 알아 갔다. 스마트폰으로 한국 역사와 문화도 공부했다. 번역기 앱을 설치해서 한국어도 공부했다. 한국을 알면 알수록 내 안에서 풀리지 않는 질문이 꿈틀거렸다. 엄마와 아빠에게 물어봐야 답하지 못할 질문이었다. 답해 줄 만한 사람을 만나서 꼭 묻고 싶었지만, 그럴 기회는 좀처럼 오지 않았다. 그러다 재판이 열리기 하루 전에 찾아온 한국인에게 내 질문을 할 기회를 얻었다.

그 한국인은 난민 인권 단체 부탁으로 우리에게 물건을 전달해 주는 사람이었다. 난민 인권 단체는 출국하러 나가는 여행객을 통해 우리에게 필요한 물품을 전달했는데, 그 사람도 그 중 한 명이었다. 보통은 물품을 전달하고 엄마 아빠와 잠깐 이야기를 나눈 뒤에 가는데, 그 사람은 오래 머물렀다. 그 한국인은 엄마 아빠가 다음 날 열릴 재판을 앞두고 공항 사람들을 만나러 간 사이에 나와 같이 있어주겠다고 했다.

나는 그동안 익힌 한국어 실력도 확인하고, 인터넷으로 알기 어려운 한국에 대해 더 많이 알고 싶었기에 적극적으로 대화를 나눴다. 내 한국어 실력이 뛰어나지 않아 번역기 앱을 사용해야 했지만, 대화를 나누기가 어렵지는 않았다. 이런저런 질문과 답변을 주고받다가 나는 오래도록 내 가슴에 품고 있던 질문을 할 기회를 잡았다.

그 기회는 화려하게 차려입은 여행객이 지나가면서 던진 시선 때문에 찾아왔다. 흔히 겪는 시선이었지만 그때는 유난히 그 시선이 거슬렸다. 부부처럼 보이는 두 사람은 내 바로 앞에서 사진을 찍었는데, 사진을 찍다가 나를 발견하고는 화들짝 놀라며 멀리 떨어졌다. 그러고는 경멸하는 시선으로 나를 노려봤다. 빠른 한국말이어서 말뜻은 이해하지 못했지만 시선에 담긴 뜻만은 명확하게 이해했다.

나는 그 부부를 보며 물었다.

"왜 저렇게 봐요?"

그 한국인은 얼핏 그 부부를 쳐다보더니 얼른 눈을 돌려버렸다. 그러고는 뭐라고 답을 하려다가 머뭇거렸다.

"왜 저렇게 보는 거죠? 거지를 볼 때도 저렇게는 안 봐요. 도대체 왜 저런 시선으로 우리 가족을 보는지 모르겠어요."

그 한국인은 한참 망설이더니 조심스럽게 말을 꺼냈다.

"저 사람들은, 아니 많은 한국 사람들은 테러를 걱정해요."

"테러라니요? 누가요?"

그 한국인은 얼굴을 찡그렸다.

"설마 아빠를 테러리스트로 의심한단 말이에요?"

그 한국인이 고개를 끄덕였다.

"아빠는 군인들에게 끌려가 고문을 당하면서까지 정부 잘못을 알렸어요. 그 때문에 죽을 위기에 처했고, 한국까지 도망쳐 왔는데……. 테러리스트라니, 아빠가 테러리스트라고 의심을 하다니……. 어떻게 그럴 수 있죠? 아빠는 초등학생을 가르치는 선생님이세요. 아빠는 평화를 사랑해요."

"나는 그걸 알아요. 하지만 많은 한국인들은 그 말을 곧이곧대로 믿지 않아요."

"아빠는 테러리스트가 아니에요. 범죄자도 아니에요. 아빠는 정직해요."

"알아요. 나는 알지만……."

나는 바로 그때 내가 오래도록 품었던 질문을 할 때임을 알아차렸다.

나는 물었다.

"한국 사람들도 내전을 겪었으면서 왜 내전을 피해, 살기 위해 온 우리를 냉대하는 거죠?"

그 한국인은 나를 빤히 쳐다봤다.

"한국도 전쟁을 겪었잖아요. 같은 동포끼리 전쟁을 했잖아요. 그러면 전쟁이 얼마나 무서운지 알 거잖아요. 그런데 전쟁을 피해서 온 우리를 품어주지는 못할망정 왜 손가락질을 하는 거죠?"

그 한국인은 아무런 대답을 못했다.

"이곳이 정말 한국인가요? 제가 알던 한국이 맞나요?"

내 질문은 이어졌지만 답은 오지 않았다.

"죽은 제 동생인 수아드는 K-POP을 사랑했어요. 수아드가 가장 오고 싶은 나라가 한국이었어요. 수아드가 가장 사랑하는 나라가 한국이라구요. 그런데 한국은 왜 우리를 이렇게 차갑게 대해요?"

질문을 쏟아 냈지만 끝까지 답을 듣지 못했다.

그 한국인은 미안하다는 답변만 남기고 비행기를 타러 떠나 버렸다.

내일이면 판결이 난다.

판결이 어떻게 날까?

또다시 쫓아낸다고 결정할까?

우리 가족은 이 나라에 들어갈 자격이 정말 없는 걸까?

만약 쫓겨나면 어떻게 될까?

투명한 유리창 너머로 비행기 한 대가 구름을 머금은 하늘로 떠올랐다.

너는 이름이 뭐야?

: 이태경 :

엄마와 아빠는 몰골이 엉망이었다. 두 분은 나갈 때 들었던 큰 가방이 아니라 작은 손가방만 들고 나타났다. 나를 만나자마자 엄마는 나를 꼭 껴안았다. 아빠는 괜찮은 척했지만 초췌해 보였다. 나는 엄마와 아빠가 건강한지 물었고, 엄마와 아빠는 할아버지 할머니가 괜찮으신지 물었다. 나는 아빠가 든 짐을 들었다. 작은 손가방이었지만 내가 들고 싶었다. 엄마는 이모와, 나는 아빠와 나란히 걸으며 그동안 겪었던 이야기를 나누었다.

그때 작은 현수막을 든 사람들이 보였다.

'난민에게 평화를'

작은 환호성이 터졌다.

입국장 문으로 여자와 남자가 들어왔다. 두 사람은 부부처럼 보였다. 텔레비전이나 인터넷에서 흔히 보던 외모였다. 그러다 문득, 예전에 직접 본 듯한 느낌이 들었다. 언제 봤는지는 확실치 않지만 그리 멀지 않은 때에 한 번은 직접 본 듯한 옷차림이요 분위기였다.

머리에 수건을 쓴 수녀님이 머리에 히잡을 쓴 여성을 꼭 껴안았다. 머리에 쓴 수건이 묘하게 닮아 보였다. 수녀님은 히잡을 쓴 여성 손을 꼭 잡은 채 반갑게 말을 걸었다. 밝고 환한 얼굴 위로 고조할아버지 글에 나온 마사코란 이름이 겹쳐 떠올랐다.

부부 뒤로 초등학생쯤으로 보이는 남자아이가 잔뜩 긴장한 채 나타났다. 나는 발걸음을 멈추고 그 남자아이를 가만히 지켜보았다. 부부가 수녀님과 반갑게 이야기를 나누는데 남자아이는 의심에 가득 찬 눈으로 사방을 경계했다. 그 불안이 나에게까지 전해졌다.

"난민이라니, 전쟁이나 박해를 피해서 왔나 보네."

아빠 말에서 안타까움이 묻어났다.

아빠와 나는 나란히 서서 그들을 지켜보았다. 얼마 전까지 바로 우리 가족이 저러한 처지와 다름없었기에 그냥 지나치지 못했다. 부부는 굳세고 당당해 보였는데, 홀로 불안에 떠는 남자아이가 몹시 안쓰러웠다.

'저 남자아이는 어떤 일을 당했기에 저렇게 불안에 떨까?'

'무슨 사연이 있어서 이 낯선 땅으로 가방 하나만 들고 도망쳐 왔을까?'

그러다 문득 그 녀석, 아니 박민기가 떠올랐다.

나는 스마트폰을 꺼내 번역기 앱을 눌렀다.

"잠깐만, 아빠!"

나는 짐을 아빠에게 맡겼다.

"뭐하려고?"

나는 아빠에게 어깨만 으쓱해 보이고는 그 남자아이에게 다가갔다. 나는 눈치를 살피지 않았다. 이럴 때 내 뻔뻔함이 힘을 발휘했다. 나는 번역기에서 아랍어를 택한 뒤 그 남자아이에게 말을 걸었다.

"안녕!"

번역기가 자동으로 아랍어로 바꾸어주었다.

남자아이가 잔뜩 경계하며 나를 봤다.

"나는 이곳 한국에 살아."

번역기가 제대로 작동하기를 바랐지만, 나로서는 정확한지 여부를 알 방법이 없었다.

"내 이름은 이태경이야."

앞에 나온 발음은 제대로 못 알아들었지만 이태경이란 이름이 '태경 리' 바뀌어 나오는 것은 내 귀에도 확실히 들렸다. 내 이름은 정확히 전달된 듯했다. 이름을 들은 그 남자아이 얼굴에 순간이지만 얕은 빛이 스쳤다.

"너는 이름이 뭐야?"

그 남자아이는 잠시 머뭇거리더니 슬며시 웃었다.

"알리. 내 이름은 알리야."

알리는 아랍어가 아니라 한국어로 자기 이름을 소개했다. 말씨가 워낙 자연스러워서 내 말투와 크게 다르지 않게 느껴졌다.

"반가워, 알리! 한국에 온 걸 환영해."

●

대한민국의 뿌리인 상해임시정부는
난민 정부였다.
우리의 뿌리는 난민이다.